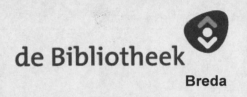

Strijken

CARRY SLEE

STRIJKEN

Met illustraties van Rudolf van Maanen

Uitgeverij De Arbeiderspers

Utrecht · Amsterdam · Antwerpen

Omslagontwerp: Bram van Baal
Omslagillustratie en illustraties binnenwerk:
Rudolf van Maanen

ISBN 978 90 295 8850 8 / NUR 301

www.arbeiderspers.nl
www.carryslee.nl

I

Buiten heerst een intense stilte, maar in zijn hoofd razen gedachten die hem dwingen op dit late uur open te doen.

Johan ontgrendelt de twee sloten en dan staat hij oog in oog met een onbekende. De man heeft net als hij een hoog voorhoofd en zijn zwarte haar achterovergekamd. 'Familie!' denkt hij, een neef uit een ver verleden.

Sinds zijn succes als schrijver zijn er wel vaker mensen uit zijn jeugd die contact zoeken. De opvallende neus die zijn gezicht net als dat van hemzelf en zijn vader iets markants geeft, verraadt van welke kant hij familie is.

De vreemde geeft hem een hand. 'Aangenaam. Lucas. Neemt u me niet kwalijk dat ik u zo overval. Allereerst wil ik u vertellen dat ik waardering heb voor uw werk.'

Moet je me daarvoor storen, denkt Johan. 'Dank u wel,' zegt hij beleefd. 'Heel vriendelijk van u. Als u het niet erg vindt ga ik weer aan het werk.'

'Ik ben hier niet alleen gekomen om u complimenten te maken,' zegt de man voordat hij de deur kan sluiten. 'Ik ben hier om u te waarschuwen. Het heeft te maken met uw nieuwe roman,' voegt hij eraan toe.

Johan verstevigt de grip op de deurkruk. Bang dat iemand het gesprek hoort, gebaart hij dat de man binnen kan komen. Wat onhandig staat hij in zijn eigen kamer. Hij is niet gewend aan bezoek. Afspraken plant hij altijd buiten de deur. De gast draait aan zijn zegelring.

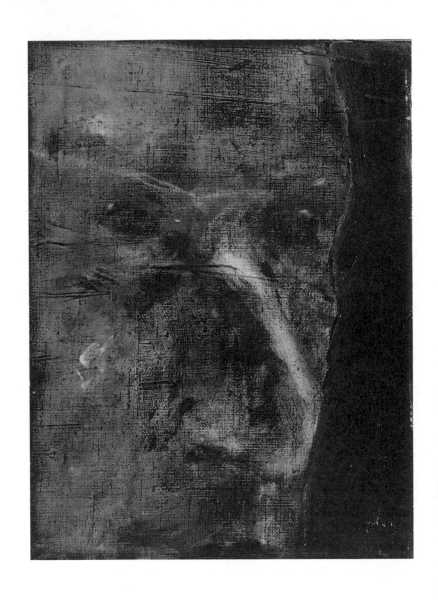

Johan ontgrendelt de twee sloten en dan staat hij oog in oog met een onbekende.

Johan wijst naar de zwarte leren fauteuil. 'Neem plaats.'

Zal hij de man koffie aanbieden? Het lijkt hem toch iets te gastvrij voor iemand die onaangekondigd voor zijn deur staat. Het was beleefder geweest als hij van tevoren had gevraagd of hij langs mocht komen. Bovendien ziet hij hem het liefst zo snel mogelijk vertrekken. Stijfjes gaat hij tegenover de vreemde op de bank zitten. 'Vindt u het zelf niet merkwaardig dat u me wilt waarschuwen voor een verhaal dat nog niet af is?'

'Dat is precies de reden van mijn bezoek.' De bezoeker knoopt zijn jas open.

'U heeft de laatste drie maanden geen letter op papier gezet.'

Hoe komt de man aan deze informatie? Zijn gebrek aan inspiratie heeft hij juist voor iedereen weten te verbergen.

'Uw succes is u niet aan komen waaien. U hebt er alles voor overgehad,' zegt de man en hij leunt naar achteren. 'Het kan toch niet zo zijn dat u dit alles nu door de vingers laat glippen?'

'Ik begrijp niet waar u het over heeft.'

'Normaliter had u nu al een groot deel van het plot uitgewerkt, maar in plaats van u op uw nieuwe roman te concentreren heeft u uw kostbare tijd verdaan met onzinnig gepieker.'

Johan deinst achteruit. 'U gaat wel ver. Dat ik de afgelopen periode geen inspiratie heb voor een nieuw boek is een uiterst gevoelige kwestie. Ik weet niet waar u deze informatie vandaan hebt, maar ik hoop dat u er discreet mee om zal gaan. Men weet niet beter dan...'

'Bespaar me je uitleg. Ik stel voor dat we elkaar tutoyeren. Ik weet dat men uitziet naar je nieuwe roman. En dat je zelfs al bent benaderd door een filmmaatschappij.'

Wat weet die vent allemaal van hem? Eruit! Wil hij schreeuwen. Als hij dit soort informatie doorspeelt aan de media is de schade niet te overzien.

De man recht zijn rug. 'Johan van Tongeren, je hebt een naam verworven, zorg dat je die behoudt.'

'Daar doe ik alles aan!'

'Mag ik weten wat je daaronder verstaat? Bedoel je dat je jezelf tegenwerkt?'

'Pardon!'

'De ellende is om precies te zijn drie maanden terug begonnen. Het was vrijdagmiddag toen jij een manuscript van tien jaar geleden van zolder haalde.'

Hij voelt het bloed uit zijn gezicht wegtrekken. Hoe kan het dat een totaal onbekende dit weet?

'Op dat manuscript ga ik verder niet in, het is niet de moeite van het bespreken waard. Ik wil je alleen een goede raad geven, concentreer je op wat je kan. Zet je goede naam niet op het spel.'

Johan springt op. 'Hoe durft u zich zo laatdunkend over mijn verhaal van toen uit te laten. U kent de inhoud niet.'

'En toch weet ik precies wat erin staat,' zegt de onbekende glimlachend.

'Zo is het wel genoeg!'

'Wil je soms alles verliezen? Dan ben je op de goede weg. Je was van plan je tournee te annuleren. Als ik dat niet had voorkomen was het waarschijnlijk al gebeurd.'

De bezoeker slaat zijn ene been over het andere. 'Hoe denk je dat de media daarop zullen reageren? Ik zie de krantenkoppen al voor me. Bestsellerauteur laat zijn lezers in de steek. Niemand zal het je in dank afnemen. Zeer onprofessioneel van je. De droom van menig kunstenaar: tweeënzestig optredens, alle theaterzalen zijn uitverkocht. '

'Hou op over de tournee!' Hij keert zich van de bezoeker af.

'Je bent er bang voor, je denkt dat je het niet aan kan.'

'Stop hiermee! Waar ben je op uit? Ik heb dit niet zomaar besloten. Juist omdat ik van mijn lezers houd, moet ik de tournee annuleren.'

Nu staat de man ook op. 'Jij denkt dat de druk van de tournee je inspiratie blokkeert. Je maakt jezelf wijs dat je vanwege die serie lezingen niet aan schrijven toekomt. Ik zal je uit de droom helpen. Dat je al maanden boven een leeg vel papier zit, heeft een heel andere oorzaak en dat weet je zelf maar al te goed.'

'Nu is het genoeg! Ik verbied je nog een woord tegen mij te spreken. Mijn huis uit!'

'Zoals je wilt,' zegt de bezoeker kalm. 'Ik ben hier gekomen met goede bedoelingen.'

'Ik heb jouw goede bedoelingen niet nodig!' Hij houdt de deur voor hem open.

De bezoeker knoopt rustig zijn jas dicht en vertrekt. Op de drempel draait hij zich om en kijkt hem aan. 'Je sigaretten liggen in de linker keukenlade.'

Verbijsterd blijft hij achter en kijkt de kamer rond, maar nergens staat een asbak, ook niet op zijn bureau. Hij rookt inderdaad weer en daar heeft hij zelf al genoeg last van. Hij herinnert zich nog goed wat een overwinning het was toen hij jaren geleden zijn laatste sigaret uitdrukte en zichzelf bezwoer er nooit meer een op te steken. Ondanks de stress die zijn carrière meebrengt heeft hij die belofte nooit verbroken. Tot vorige week, toen hij de hele nacht achter zijn bureau naar een leeg vel papier zat te staren, en de paniek toesloeg. 's Ochtends stapte hij de supermarkt binnen en kocht een pakje sigaretten.

Hij ijsbeert door de kamer en vraagt zich af hoe die vent aan al zijn informatie komt. Het is waar dat hij het manuscript waar hij tien jaar geleden aan was begonnen, weer tevoorschijn heeft gehaald. Destijds raakte hij zo verward van het verhaal over zijn jeugd dat hij er afstand van moest nemen. Sindsdien schrijft hij alleen fictie.

Zijn ademhaling wordt onrustig. Hij had die bemoeial nooit binnen moeten laten. Hij begrijpt niet waarom hij de deur opendeed. Dat doet hij nooit als hij aan het werk is. Zijn vrienden en kennissen zijn daarvan op de hoogte.

Hij probeert het bezoek uit zijn hoofd te zetten. Al zijn energie heeft hij nodig: zijn uitgever verwacht de korte inhoud van zijn nieuwe roman.

*

De volgende dag kijkt Johan naar de prullenbak die uitpuilt. Opzetjes voor een nieuw verhaal. Keer op keer is hij ervan overtuigd op de goede weg te zijn, maar als hij de tekst overleest blijkt die onbruikbaar. Intussen weet hij wel wanneer zijn werk kwaliteit heeft en wanneer niet.

Nooit eerder heeft zijn inspiratie hem in de steek gelaten, maar hij heeft ook nooit eerder zijn handtekening gezet onder een tournee van tweeënzestig optredens.

Het is zinloos om vandaag weer de hele dag achter zijn bureau te zitten. Misschien wordt het tijd een bezoek aan de boekwinkel te brengen. Hij heeft zich wel vaker laten inspireren door boektitels en omslagen.

Hij loopt het tuinpad af. De straat ligt er verlaten bij. In de kruinen van de bomen koert een duif. Het zonlicht valt op de gevels van de karakteristieke vrijstaande huizen uit de jaren '20 van de vorige eeuw. Dit dorp heeft hij door zijn grootouders leren kennen. Ze huurden hier elke zomer een huisje aan de bosrand en in de schoolvakanties mocht hij bij hen logeren. Hij heeft het zijn opa zo vaak horen zeggen. 'Je zal hier toch mogen wonen.'

Hij neemt het voetpad dat door het wijkje naar het centrum voert. De architectuur van sommige huizen is typisch Amsterdamse school. Vroeger nam zijn opa hem hier mee naartoe en dan vertelde hij over architecten en bouwers van de villa's. Ze stemden dan welk huis het mooiste was. Zijn opa vond De Ark het fraaist en Johan kon niet kiezen tussen De Ster en De Hut.

Johan loopt door naar de boekwinkel tegenover de Ruïnekerk waar hij zeven jaar geleden debuteerde. De boekhandelaar had zijn volledige klantenbestand op de hoogte gebracht van de boekpresentatie. Zelf kende hij niet veel mensen die hij kon uitnodigen. Hij is nooit iemand van een grote vriendenkring geweest.

Blijkbaar waren de klanten niet geïnteresseerd in een onbekende auteur, want tijdens de presentatie was er zo goed als niemand. De boekhandelaar stond daar met plaatsvervangende schaamte, terwijl het voor Johan een onvergetelijk moment was. Zijn droom was uitgekomen, hij was schrijver!

Hij loopt langs het terras naast de boekwinkel en hoort zijn naam roepen.

'Joke,' zegt hij in zichzelf en hij stapt op haar af, en kust haar op haar wang.

'Je bent niets veranderd, je ziet nog steeds niets. En ik maar zwaaien...'

Ze maakt zijn jas los die scheef zit en knoopt hem lachend opnieuw dicht.

'Kom zitten.' Ze schuift de stoel tegenover die van haar al achteruit.

'Even dan.'

Ze hebben elkaar al jaren niet gezien. Joke wenkt de ober.

'Nog altijd cappuccino?'

Hij knikt en steekt een sigaret op.

'Je rookt weer!'

'Ach ja, de stress, hè?'

'Je hebt het ook wel heel druk. Hoe vaak ik jou niet op de tv zie.'

Hij neemt haar op. Is ze nou zo veranderd, of ziet hij haar met andere ogen? Ze heeft zo'n harde blik. Op deze vrouw zou hij nooit vallen.

'Ik denk nog heel vaak aan ons tweeën. Dat ik het toch nog tweeënhalf jaar met je heb uitgehouden,' zegt ze.

'Was het zo erg?' lacht hij.

Hij kijkt naar haar handen, om elke vinger zit een kostbare ring.

'Jij zat maar met je hoofd in je boeken, je had nooit tijd, ik bedoel wel voor mij, maar niet voor de dingen die het leven iets extra's geven.'

Hij denkt terug aan het begin van hun relatie. Schrijven was toen pas sinds kort een dagelijkse dwang. Ze was al heel snel bij hem ingetrokken. Hij vond haar aantrekkelijk en ze vreeën wel drie keer op een dag. Hij liet zich door niemand van zijn werk houden, maar als zij halfnaakt zijn werkkamer binnenkwam en bij hem op schoot kroop, kon hij haar niet weerstaan. Later werd het minder, tot de passie ten slotte helemaal was verdwenen.

'Ik vond het vooral saai,' zegt ze.

Ze waren inderdaad heel verschillend, daar had hij zich op verkeken. Zij hield van uitgaan tot diep in de nacht en ze wist altijd wel een feest waar ze hem naartoe wilde slepen. Toch was hij tevreden. Ze gaf hem namelijk óók rust. Ze schiep de juiste voorwaarden voor zijn schrijverschap: hij kon zich voor de volle honderd procent op zijn werk concentreren. Bovendien reed ze hem altijd naar zijn lezingen, hoewel ze nooit mee naar binnen ging. Meestal zocht ze een cafeetje waar ze wachtte tot hij klaar was. Ze had totaal geen belangstelling voor zijn werk. Ze las zijn boeken pas als ze verschenen waren.

'Ja, als ik dan bedenk hoe bruisend mijn leven nu is,' zegt ze.

'Ben je nog met Arend?'

'Nee, die heb ik er na een halfjaar uitgezet.'

'Was je zo snel op hem uitgekeken?'

'Nou, we hebben alles bij elkaar toch ruim een jaar een verhouding gehad. Achteraf best een leuke tijd.'

'Een jaar?' vraagt hij verbaasd.

Ze pakt zijn pols vast. 'Je wist toch wel dat ik Arend al een halfjaar had?'

My God! 'Ja natuurlijk wist ik dat,' liegt hij. 'Dacht je soms dat ik dat niet gemerkt had? '

Ze ratelt maar door over al haar exen en hij staart voor zich

'Joke,' zegt hij in zichzelf.

uit. Het laatste halfjaar van hun huwelijk ging het bepaald niet goed tussen hen. Alleen al de eindeloze vermoeiende gesprekken die ze voerden. Uiteindelijk vonden ze allebei dat het zo niet verder kon. Hij herinnert zich nog hoe schuldig hij zich voelde toen ze definitief besloten uit elkaar te gaan. Doordat zijn boeken zo goed verkochten, hadden ze een huis kunnen kopen. Johan had het niet over zijn hart kunnen verkrijgen haar op straat te zetten. Hij had Joke het huis geschonken, als een soort afscheidscadeau, of in een poging zijn schuldgevoel weg te poetsen en nu vertelt ze hem doodleuk dat zij hem al een halfjaar bedonderde. Die Arend heeft zijn vrouw versierd en al die tijd bij haar gewoond van zijn centen!

'Ik denk dat ik maar weer eens ga.'

'Wacht nog even,' zegt ze. 'Mijn nieuwe vriend komt zo, hij weet wel dat ik met dé schrijver getrouwd ben geweest. Ik wil hem graag even aan je voorstellen.'

'Sorry, ik moet helaas weg.' Hij heeft zich er vroeger vaak genoeg aan geërgerd dat ze iedereen moest laten zien dat hij haar echtgenoot was. Hij geeft haar een kus en staat op.

Bijna drie ton heeft dat huis hem gekost. En nog ver voor ze uit elkaar gingen had ze die vent dus al en hij – *lul* – had niks door. Godweet wat ze allemaal nog meer heeft uitgespookt.

Als hij de boekwinkel binnen wil gaan, stokt zijn adem. De bezoeker van gisteren staat bij de kassa en steekt zijn hand naar hem op. Hij piekert er niet over naar binnen te gaan en loopt haastig door. Terwijl hij wacht voor het zebrapad staat de man ineens naast hem.

'Je durfde de boekwinkel niet meer in, hè? Bang dat de boekhandelaar over je tournee zou beginnen.'

Johan kookt van woede. Doorlopen en nergens op ingaan, denkt hij. Maar zodra hij zijn pas vertraagt, gaat Lucas ook langzamer lopen. Versnelt hij zijn tempo, dan doet hij dat ook. Hij ziet voorbijgangers naar hen kijken. Hij moet hem zien kwijt te raken.

Halverwege zijn straat draait hij zich om. 'Wat wil je van me?'

'Ik wil dat je je voorbereidt op je tournee.'

In plaats van te schreeuwen dat hij moet opdonderen, hem met rust moet laten, zegt Johan kalm: 'Ik ga de tournee niet afzeggen. Ik zal in alle tweeënzestig theaters optreden, al moet ik erheen kruipen. Dat is toch wat je wil horen?'

'Heel verstandig,' klinkt het cynisch.

'Jij twijfelt aan mijn doorzettingsvermogen, maar als ik geen ruggengraat had, dan had ik het nooit zo ver geschopt.'

'Je mag dan bekend zijn, je bent er nog lang niet,' zegt Lucas. 'Er valt nog veel meer te bereiken. En dat gaat lukken ook, daar zal ik persoonlijk voor zorgen. En ook zal ik erop toezien dat je trouw blijft aan je lezers.'

Wellicht dat het door het woord 'trouw' komt, maar na al die maanden krijgt hij een ingeving. De ontrouw van Joke, daar zal hij over schrijven.

Hij zit achter zijn bureau als zijn uitgever belt.

'Johan, wil je me de korte inhoud van je nieuwe roman mailen en ook de titel? Als jij eenmaal aan je tournee bent begonnen, kom je nergens meer toe.'

'Komt voor elkaar,' zegt hij optimistisch. Berend had geen dag eerder moeten bellen. Nu heeft hij weer hoop. Hij steekt een sigaret op en zweert zichzelf dat de rest van het pakje in de afvalbak verdwijnt als hij met dit gegeven uit de voeten kan.

Hij voelde hoe de zon door zijn depressie heen brak.

Joke, wie had nu kunnen denken dat er nog eens een boek over hun huwelijk zou verschijnen. Hoe zal hij het aanpakken? Waar moet zijn verhaal beginnen? Bij de schrijver die afscheid moest nemen van het verhaal over zijn jeugd en van ellende avond na avond in de kroeg belandde om zich te bedrinken?

De Johan van Tongeren die toen totaal geen oog had voor de vrouwen? Ze scheen daar al een kwartier te zitten, op de kruk naast hem, en omdat hij haar maar niet opmerkte, had ze hem aangesproken. 'Jij boeit mij. Je ziet eruit als een dichter.' Voor het eerst sinds die afschuwelijke leegte en onzekerheid bestond hij weer.

'Schrijver,' verbeterde hij haar, hoewel hij toen nog geen schrijver was. 'Maar je zit er heel dichtbij.'

Johan was op slag alert geweest. Had het opgevat als een teken. Deze vrouw raakte niet zomaar met hem in gesprek, zij had de schrijver in hem herkend. Hij voelde hoe de zon door zijn depressie heen brak. Behalve dat ze hem bevestigde, vond hij haar ook nog eens mooi en aantrekkelijk.

Later bekende ze dat ze al wist dat hij schrijver wilde zijn. De avond ervoor had hij het zelf met zijn dronken kop aan de barman verteld. Maar deze avond hoorde hij alleen maar de betoverende woorden: 'Je ziet eruit als een dichter.'

Dit kan het begin van zijn verhaal worden, maar hij kan ook verder teruggaan. Het jochie van twaalf dat afweek, niet soepel in zijn lijf zat en nooit op partijtjes werd gevraagd. Wat was hij niet opgetogen geweest toen Els, een van de populairste meisjes uit zijn klas, hem uitnodigde voor haar feestje. Een week lang was hij in de zevende hemel. Hij telde de dagen en eindelijk was het zover. Ze zouden gaan varen. De verzamelplaats was bij de aanlegsteiger.

'Je ziet eruit als een dichter.'

In zijn nette kleren kwam hij aan. Els had zijn bedelarmband direct omgedaan. Hij wachtte net als de anderen op de steiger tot Els zijn naam afriep. Nu is het mijn beurt, dacht hij toen iedereen aan boord was, maar in plaats van zijn naam klonk er gelach en nog geen seconde later voeren ze joelend en zwaaiend weg.

Nauwelijks elf jaar en hij liet zich al bedonderen door een *meid*. Het zat er al vroeg in dat hij later de lul zou worden die zijn ontrouwe partner een huis zou schenken.

Voorspelbaar! Voor een ervaren lezer is dit veel te voorspelbaar. Het zou sterker zijn als het verhaal begon op het moment dat hij vol vertrouwen ging samenwonen. Datzelfde jaar nog werd zijn eerste boek uitgegeven, voor hem was dat een doorbraak, maar wat betekende het voor haar? Als hij een roman over hen tweeën wilde schrijven, moest hij haar toch duidelijk portretteren en weten wat er in haar omging.

Het eerste halfjaar van hun huwelijk hadden ze het nog goed, hoewel het toen al duidelijk was dat zij van een veel bruisender leven hield. Aanvankelijk ging hij nog tot diep in de nacht met haar uit en had hij het ervoor over dat hij de volgende dag achter zijn bureau tegen zijn vermoeidheid zat te vechten. Toen was ze nog tevreden, maar hij was veel te ambitieus om dit losbandige leven vol te houden. Wilde hij iets bereiken, dan moest zijn hoofd 's morgens leeg zijn. Daarom was hij de uitstapjes gaan beperken tot de weekenden. Misschien was het medelijden, maar zeker ook zijn schuldgevoel dat hij instemde met haar voorstel door de week alleen uit te gaan.

Zou ze dit allemaal van tevoren hebben uitgedacht? Waarom doet een vrouw zoiets? Hij heeft geen idee, maar hij zal toch moeten proberen vanuit haar te schrijven. Hoe heeft ze hem dit kunnen flikken? Zonder dat hij het in de gaten had, heeft ze hun huwelijk stapje voor stapje afgebroken. Natuurlijk gaat dit ook over hem, maar zijn aandeel is in een paar zinnen verteld. Een sukkel die niet oplette en te veel opging in zijn carrière. Maar daar kan hij geen boek mee vullen. Zij, Joke, is de belangrijkste figuur uit dit verhaal, haar motieven moeten het interessant maken: het is verdomme háár verhaal. Om dit boek te kunnen schrijven moet Johan zich weer in Joke verdiepen, terwijl zij allang met iemand anders het leven en haar lusten deelt. Geen zin in, besluit hij.

*

Het is drie uur in de nacht en hij ligt nog steeds wakker. Morgenavond in Zwolle is het eerste optreden van een lange reeks en hij heeft nog steeds geen idee voor zijn nieuwe roman. Hij kan zijn uitgever niet langer aan het lijntje houden. De gedachte dat hij zonder verhaal in zijn hoofd aan de tournee gaat beginnen bezorgt hem koppijn. Zijn lezers zullen absoluut informeren naar de strekking van zijn nieuwe roman. De pers heeft al gepubliceerd wanneer het boek verschijnt. Natuurlijk kan hij de vragen afdoen met de smoes dat het thema nog geheim moet blijven. Maar de confrontatie, die baart hem zorgen. Elke avond zal hij met zijn neus op de feiten worden gedrukt: dat hij geen idee heeft waarover hij moet schrijven.

Hij overweegt een laatste poging te doen om toch nog op een idee te komen. Nu kan het nog, vanaf nu wordt zijn leven opgeslokt door de tournee. Hij vraagt zich af wat wijsheid is. Als hij morgen niet kapot wil zijn, dan moet hij nu proberen te slapen. Maar stel dat hij op de valreep toch nog een ingeving krijgt, dan staat daar een adrenalineshot tegenover. Hij kiest voor het laatste, stapt uit bed en trekt zijn badjas aan.

Koffie, denkt hij als hij beneden komt en hij verdwijnt de keuken in.

Tien minuten later zit hij met een thermoskan naast zich en een sigaret tussen zijn lippen achter zijn bureau. Binnen nu en een aantal uren moet het gebeuren. Hij dwingt zichzelf tot schrijven, maar evenals de afgelopen maanden komt er helemaal niets.

Juist als hij onder de douche vandaan komt, gaat zijn mobiel. Hij loopt de kamer in en ziet op de display de naam van zijn uitgever. Hij weet wel met welke vraag Berend belt en laat de telefoon gaan. Hij wil weglopen als een hand zijn mobiel oppakt. Hij draait zich met een ruk om en kijkt in de ogen van Lucas.

'Hier met die mobiel!' roept Johan.

'Als jij niet opneemt, dan moet ik het wel doen,' zegt Lucas, drukt op de groene toets.

'Dag, Berend,' hoort hij hem met opgewekte stem zeggen.

'Heb je er zin in?' klinkt het door de speaker van de telefoon.

'Ik ben er helemaal klaar voor.'

'Mooi zo. Ik ben zojuist gebeld door *Shownieuws*. Ze zijn definitief vanavond aanwezig. Voordat de lezing begint, willen ze een interview met je. Ik heb toegezegd dat je om halfzes in de schouwburg bent, dan is er nog genoeg tijd om je voor te bereiden op je optreden.'

'Prima.'

'O eh, vanavond laat wordt het uitgezonden, maar dan zit jij waarschijnlijk in de auto.'

'Ik neem het wel op.'

'Toi, toi, toi! Bereid je maar voor, het wordt een grote happening.'

Lucas verbreekt de verbinding en kijkt hem vragend aan. 'Wat ben je van plan? Je gedurende de hele tournee voor je uitgever te verstoppen?'

'Waar heb je het over,' zegt hij. 'Ik kom net onder de douche vandaan. Ik sta nog in mijn badjas. Mag ik me misschien eerst aankleden voordat ik de telefoon opneem?'

'Laat me niet lachen, je neemt zo vaak de telefoon op in je badjas. Je was bang dat hij naar je nieuwe roman zou vragen.'

'Wat gaat jou dat aan?'

'Jij bent te laf om te bekennen dat je je tijd hebt verknoeid met gepieker. Je denkt dat je je uitgever in de maling neemt, maar de enige die je voor de gek houdt ben jezelf. Kijk me aan!'

'Zie je dan niet dat je jezelf steeds dieper in de nesten werkt?' gaat hij door als Johan zijn hoofd wegdraait. 'Hoeveel jaar werken jullie al samen? Jouw uitgever heeft een grote bijdrage geleverd aan je succes. Hij heeft er recht op te weten hoe de zaken er voorstaan. Verzeker hem dat het boek hoe dan ook op tijd uitkomt. Afspraak is afspraak, dan werk je na de tournee maar wat harder.'

Johan grijpt wanhopig naar zijn hoofd. 'Jij begrijpt helemaal niets, hè? Je hebt geen flauw benul hoe het is voor een schrijver om geen inspiratie te hebben. Ik woon in mijn verhalen. Nu er geen verhaal in mijn hoofd zit, voel ik me dakloos. Ik vind nergens meer rust. Ik heb geen plek meer. Maar wat weet jij daarvan? Niemand weet hoe dat is.'

Dit is het! En hij zit al achter zijn laptop. Hij vergeet Lucas, hij vergeet zich zelfs aan te kleden. Hij begint te schrijven en hij schrijft achter elkaar door. Als de eerste zes bladzijden af zijn kijkt hij op de klok. Hij springt op. Over een halfuur staat de chauffeur voor de deur. Berend belt, maar hij neemt weer niet op. Hij luistert later zijn voicemail wel af. Hij is van plan in de auto de korte inhoud van zijn nieuwe roman te schrijven.

De titel heeft hij al. *Dakloos*. Hij kleedt zich snel aan en leest de geschreven bladzijden over. Hij heeft zijn frustratie van zich afgeschreven, meer dan dat is het niet.

*

Sinds de tournee is begonnen heeft hij last van duizelingen, die tijdens zijn optredens verergeren. De eerste avond in Zwolle moest hij al vechten om zich staande te houden. Maar toen hij gisteravond in Maastricht tijdens het voorlezen even de zaal in keek, zag hij één grote waas die beangstigend lang aanhield. Hij raakte zo in de war dat hij dacht de draad van zijn lezing kwijt te zijn, maar tot zijn grote verbazing kreeg hij na afloop een luid applaus. De mensen van de organisatie maakten hem zelfs een compliment over zijn smeuïge wijze van vertellen. Hij is ervan overtuigd dat hij geluk heeft gehad dat niemand zijn verwarring heeft opgemerkt, maar een dergelijk risico wil hij niet nog eens lopen.

Hij heeft zijn contract erop nagelezen. Door de getekende overeenkomst heeft hij zich wettelijk aan de tournee verbonden. Annuleren is onmogelijk, tenzij zich onverhoopt een calamiteit voordoet.

De hele nacht ijsbeert hij door het huis. Het is tegen de ochtend als hij de beslissing neemt: hij breekt de tournee af. Klokslag negen uur belt hij zijn uitgever.

'Dat is toevallig, ik zit net aan je te denken,' zegt Berend. 'Er staat een mooie impressie over je tournee in de krant. Een en al lof. Hier, een willekeurige zin: "Johan van Tongeren weet ook op het podium de mensen te raken." Proficiat, kerel. Ik zal het stuk voor je scannen en naar je mailen.'

'Dank je.'

'Vandaag is het dinsdag, even kijken waar je vanavond optreedt...'

'Vlissingen,' zegt Johan. 'Daar bel ik je voor. Ik heb besloten met mijn eigen auto te gaan.'

'Bevalt de chauffeur je niet? In dat geval bel ik Groot en dan sturen ze maar een ander. Dringt de man zich op? Wat stoort je aan hem?'

'Het ligt niet aan de chauffeur, ik vind het prettiger om zelf te rijden.'

'Jij moet natuurlijk zelf weten wat je doet, maar ik raad het je af. Vlissingen ligt niet naast de deur. Zo'n tournee vraagt nogal wat energie. Als ik jou was nam ik heerlijk achterin plaats. Je kan zelfs tijdens de lange rit werken. Ik vind het vervelend er weer over te beginnen, maar ik wacht nog steeds op de korte inhoud van je nieuwe roman.'

'Die tekst ligt klaar,' liegt hij. 'Ik loop hem nog een keer door en dan mail ik hem.'

'Heel graag. Dus voor jou geen chauffeur meer, begrijp ik. Blijkt het alsnog te zwaar te zijn, trek dan aan de bel.'

Hij zit achter zijn laptop. 'Vakantiehuizen', tikt hij in. Hij klikt *Nederland* aan en *privacy*. Er komt een rij huizen uitrollen, die hij een voor een bekijkt. Zijn oog valt op een eenvoudig vrijstaand huisje midden in de Kroondomeinen. Het heet De Garuda en is volgens de beschrijving vrij gelegen. De naam raakt hem en brengt hem terug naar vroeger. Eind basisschool heeft hij zich verdiept in mythische vogels. Over de Garuda, zijn favoriet, heeft hij een werkstuk gemaakt en een spreekbeurt gehouden.

Hij klikt de foto aan. Het huis ligt aan een zandpad, is omgeven door bos. Er blijkt slecht of geen bereik te zijn voor de mobiele telefoon en er is geen internet, wel tv. Precies wat hij zoekt. Hij kijkt naar het met sierlijke letters beschilderde bord op de gevel. De Garuda. Dit kan geen toeval zijn. Met één druk op de knop heeft hij een geheim onderkomen voor de komende maanden geregeld.

Met zijn bagage voor ruim twee maanden Kroondomeinen komt hij 's middags naar buiten. Hij controleert of hij de voordeur heeft afgesloten. Om te voorkomen dat zijn buurvrouw hem aanspreekt, loopt hij snel naar zijn auto. Hij vindt het vaak lastig een praatje te maken. Hij maakt de achterbak open en zet zijn koffer erin. Hij wil achter het stuur plaatsnemen als hij als versteend blijft staan. 'Wat doe jij hier?'

'Ga maar zitten,' zegt Lucas, 'ik breng je naar je bestemming.' En alsof het de gewoonste zaak van de wereld is start hij zijn Citroën DS.

Verbouwereerd neemt Johan plaats naast de bestuurder. Eerlijk gezegd komt het hem wel goed uit dat hij zelf niet hoeft te rijden met zijn vermoeide kop. Eenmaal in Apeldoorn zal hij Lucas dwingen uit te stappen, zodat hij alleen bij het huisje aankomt.

Lucas neemt de afslag naar Rotterdam.

'Je rijdt de verkeerde kant op!'

'Denk je nou echt dat je eronderuit komt? Ik weet wel wat je van plan bent. Nee, Berend, ik heb geen chauffeur nodig. Ik ga in mijn eigen auto. En dan zogenaamd vanuit een ziekenhuis bellen dat je door een klapband van de weg bent geraakt en een zware hersenschudding hebt opgelopen. En ze wijsmaken dat je volgens de dienstdoende arts geluk hebt gehad, dat een vriendin uit het zuiden van het land je komt halen en heeft aangeboden voor je te zorgen. Slappe zak, met je kruiperige vluchtpogingen.'

'Waar bemoei jij je mee! Ik wil dat je me naar Apeldoorn rijdt.'

'Om daar maanden in de Kroondomeinen te verpieteren? Weet je wel wat je zegt? Dat hou je nooit vol!'

'Ik ga daar schrijven.'

Lucas lacht minachtend. 'Wat ben je toch naïef. Dat hele plan van jou zou één grote nachtmerrie worden. Je zou voortdurend in de rats zitten dat ze je vinden. Jij komt je afspraak gewoon na. Ik breng je naar Vlissingen.' En hij drukt het gaspedaal verder in.

'We zijn er!' Lucas parkeert de auto voor de schouwburg in Vlissingen. 'We zijn een halfuur te vroeg. Moet je je mobiel niet tegen je oor houden?' klinkt het cynisch.

Blijkbaar weet hij ook dat Johan altijd in zijn auto blijft zitten tot het optreden bijna begint. Voor het geval ze hem zien, heeft hij de smoes van een dringend telefoontje achter de hand.

Geheel buiten zijn plan om staat hij die avond toch achter een katheder op het podium in Vlissingen. Hij geeft er de voorkeur aan te staan als hij optreedt. Een vrouw van de organisatie zet een thermoskan met zwarte koffie voor hem neer. De koffie geeft hem een schrijnend gevoel in zijn maag. Tijdens zijn lezingen kan hij plotseling overvallen worden door de angst dat hij zomaar zal oplossen. Dwanggedachten dringen zich dan aan hem op. 'Besta ik nog wel?' Een regelmatig terugkerende, irritante gedachte. Het brandende gevoel in zijn maag stelt hem dan gerust.

De zaal is zoals gewoonlijk tot de nok toe gevuld.

'Ik ga u nu vertellen hoe mijn laatste roman tot stand is gekomen,' hoort hij zichzelf zeggen. Of heeft hij dit al verteld? Hij weet het niet zeker en raakt in paniek. Maar aan het enthousiasme van zijn lezers te merken, is dit de eerste keer. Dat wil zeggen, de eerste keer tijdens dit optreden.

Hij kijkt de zaal in en ineens ziet hij de beelden door elkaar schuiven. Rustig blijven, zegt hij tegen zichzelf terwijl hij doorvertelt. Het zweet breekt hem uit en zijn hart begint wild te kloppen. Hij dept zijn voorhoofd. Zie je wel, het gaat niet meer, denkt hij.

'Doorgaan!' hoort hij de stem van Lucas achter zich. 'Niemand heeft iets in de gaten. Het gaat goed. Ga voorlezen, laat dat vertellen nu maar achterwege.'

Nadat hij zijn praatje heeft afgerond, slaat hij zijn boek open, maar hij trilt over zijn hele lichaam.

'Concentreer je op het lezen,' sist Lucas.

De letters dansen voor zijn ogen en hij voelt zich benauwd.

'Het gaat goed!' spoort Lucas hem aan.

Zijn oren suizen, maar hij geeft niet op.

Tijdens een van zijn favoriete fragmenten vliegt het raam

van de theaterzaal open. Terwijl hij doorleest hoort hij het klapperen van vleugels. Zijn mond valt open en hij kan zijn ogen niet geloven. De Garuda vliegt door de zaal. De prachtige sierlijke vogel uit zijn jeugd vliegt over de hoofden van het publiek, richting podium, duikt omlaag en strijkt vlak voor hem neer.

'Negeer dat beest!' beveelt Lucas. Blijkbaar zijn zij de enige twee die de vogel opmerken, want alle ogen blijven op de schrijver gericht die onverstoorbaar doorleest. De vogel grocit en kijkt hem uitnodigend aan, met een vanzelfsprekendheid alsof ze een afspraak hebben.

'Laat je niet verleiden!' klinkt de stem van Lucas.

Het lijkt alsof alles buiten hem om gebeurt. Hij stapt op de rug van de vogel en zakt weg tussen de vleugels. Het publiek staart ademloos naar de katheder. Terwijl hij op de rug van de Garuda het raam uit vliegt, hoort hij Lucas verder lezen.

*De Garuda duikt omlaag
en strijkt vlak voor hem
neer.*

2

Met wijdgespreide vleugels zweeft de Garuda door de lucht. Hoe hoger hij vliegt, des te groter de vogel zich maakt. Aan de hemel staat een halve maan. Voor zich ziet Johan de stevige nek van de Garuda met glanzende veren en de rode kuif op zijn kop.

Hoog in de lucht is het koud. Hij is blij dat hij zich tussen de warme veren heeft verstopt. Hij ziet hier en daar wat lichtjes, waarschijnlijk bakens in zee, of misschien zelfs vuurtorens aan de kust. Daarna is het weer een tijd duister onder hem, tot hij een zee van licht gewaarwordt. Het kan niet anders of dat moet een stad zijn. Het verbaast hem dat hij zich zo rustig en vertrouwd voelt. Hij denkt aan de jaren met Monica. Hoe vaak heeft ze niet door zijn vliegangst haar vakantieplannen moeten aanpassen?

Van zijn mislukte huwelijk met Joke had hij geleerd dat hij een zelfverzekerde vrouw nodig had, zelfstandig. Een vrouw zonder al te veel behoefte aan allerlei prikkels van buitenaf. Monica voldeed niet alleen aan zijn wensen, hij vond haar ook nog eens bijzonder aantrekkelijk. Daarbij was ze huiselijk, nam de taken in het huis graag voor haar rekening en ze verraste hem elke avond met een heerlijke maaltijd. Evenals met Joke kon hij zich volledig aan zijn schrijven wijden, met dat verschil dat Monica wel geïnteresseerd was in zijn werk.

Driekwart jaar leken ze het ideale stel te vormen, tot ze

over haar kinderwens begon. Ze verlangde naar een gezin en omdat ze niet meer zo jong was, wilde ze er niet te lang mee wachten. Het overviel hem, hij had tot dan toe nooit serieus nagedacht over het vaderschap. Hij vroeg haar tijd om na te denken, maar hij had geen keus. Ze had het haast nergens anders meer over en hoewel hij zelf niet stond te popelen bij de gedachte aan een kind, wilde hij haar dit geluk niet ontzeggen.

Na een maand verdween de pil in de vuilnisbak. Monica hield bij wanneer ze moesten vrijen, maar een jaar later was ze nog steeds niet zwanger. Na een gesprek met de huisarts vroeg ze Johan zijn zaad te laten onderzoeken.

Nog geen week later zat hij met een plastic bekertje op het bed van een kaal ziekenhuiskamertje met uitzicht op pin-ups aan de muur. Er lagen ook seksbladen. Door het besef dat andere mannen zich daarop afrukten, kreeg hij geen stijve.

Na twintig minuten kwam de verpleegkundige vragen of het wel goed ging. Toen er niets gebeurde, verloor hij de moed, maar hij gaf niet op en werd na een halfuur alsnog beloond.

Hij kreeg de uitslag meteen te horen; in zijn zaad zat geen leven. Niet dat hij zich zo nodig moest voortplanten, maar nu dat vóór hem werd besloten, moest hij wel even slikken. En dat Monica ontroostbaar was, maakte de schaamte erger.

Omdat hij zijn vrouw niet kon geven waar ze naar verlangde, begon hij over adoptie, maar ze wilde een éígen kind. Zijn eigen onvruchtbaarheid had hij al geaccepteerd toen zij depressief werd. De relatie werd er niet beter op en hij moest iets ondernemen. Nu had Monica naast haar kinderwens nog een droom: een huis in Frankrijk. Johan liet haar in de Provence een idyllische villa uitzoeken, die hij op haar naam zette. Hij zag hoe ze opleefde nu ze weer een nieuw levens-

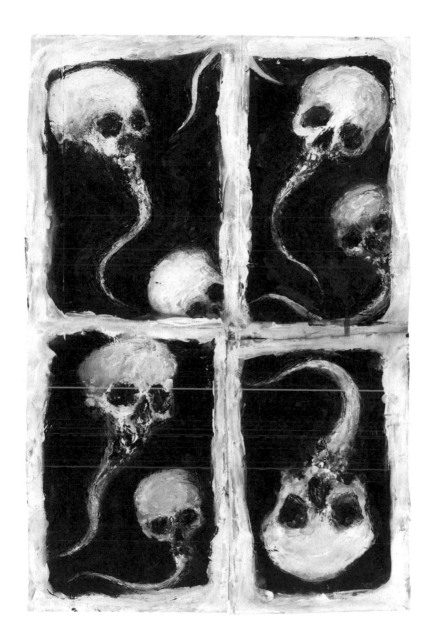

In zijn zaad zat geen leven.

doel had, en terwijl hij doorwerkte, vertrok zij naar Frankrijk om het huis op te knappen en in te richten.

Regelmatig moest hij haar twee weken missen, maar hij troostte zich met de gedachte dat het van voorbijgaande aard was. Zijn werkkamer nam ze als eerste onder handen, zodat hij naar haar toe kon komen zodra die klaar was.

Maar toen ze alles naar haar smaak had opgeknapt en ingericht en ze regelmatig in Frankrijk verbleven, begon de kinderwens toch weer op te spelen. Monica voelde zich leeg en het gemis van een kind maakte haar onrustig. Het kon zomaar gebeuren dat hij in Nederland aan het werk was en ze plotseling naar Frankrijk vertrok, eerst voor een paar weken, daarna werden die perioden steeds langer.

Hij was bang dat ze van elkaar zouden vervreemden en op een vroege voorjaarsdag reed hij naar Frankrijk om met haar te praten. Misschien moesten ze een donor zoeken? Ze had een aardige vriend die homoseksueel was en ook een kinderwens had. Toen hij in hun huis aankwam, trof hij haar in bed met een Fransman. Het was allemaal al beklonken, de Fransman zou bij haar intrekken. Voor de tweede keer woonde er een wildvreemde vent in een huis van zijn centen.

'Zou je zo vriendelijk willen zijn daarmee te stoppen?' klinkt de stem van de Garuda. 'We hebben nog een lange reis voor de boeg.'

Is het tegen hem? Hij is zich totaal niet bewust dat hij iets doet wat de vogel zou kunnen irriteren. Hij vraagt zich af of hij soms met zijn tanden knarste, of zonder dat hij er erg in had met zijn voeten heen en weer schoof.

'Sorry, ik denk toch echt dat ik stilzat.'

'Mijn rechtervleugel veert omhoog door je twijfels, tegelijkertijd drukt je angst mijn linkervleugel omlaag. Ik ben gewend in balans te zijn.'

'Neem me niet kwalijk.' Johan probeert niet te denken, maar ineens realiseert hij zich toch dat hij er zomaar tijdens zijn optreden vandoor is gegaan, zonder ook maar iemand op de hoogte te brengen.

Hij merkt dat de Garuda weer uit balans raakt en doet moeite om niet te piekeren. Hij voelt de wind, die warmer is geworden, langs zijn gezicht gaan, de zachtheid van de veren, en hij hoort de fluittoon van de lucht dic langs zijn oren gaat. Opnieuw slaat de angst toe. Hoe lang blijven ze weg? Hoe moet het met zijn tournee? En komt hij niet klem te zitten met de deadline van zijn nieuwe roman? Hij heeft altijd een strakke planning en nu heeft hij niet eens zijn agenda bij zich.

'Ik doe mijn best,' verontschuldigt hij zich als de Garuda scheef hangt en geërgerd omkijkt. 'Maar ik heb er geen grip op.'

'Het heeft geen zin om je naar je bestemming te brengen,' zegt de vogel beslist.

Eerlijk gezegd lucht het hem op. Dan blijft het bij een bijzondere ervaring waar hij de rest van zijn leven aan terug kan denken, maar die geen daadwerkelijke schade aan zijn carrière aanricht. Hij vraagt zich af of de Garuda zal omkeren om hem terug te brengen.

'Onmogelijk,' zegt de vogel. 'Je hebt de eerste stap al gezet. Het oude heb je achter je gelaten. Ik kan je niet terugbrengen naar het voorgaande, dat is er al niet meer.'

Waar brengt hij hem naartoe? Hij beseft dat zelfmedelijden geen zin heeft, hij moet slim zijn.

'Kan het echt niet,' probeert hij na een tijdje. 'Wil je me

echt niet terugbrengen? Ik zal je ervoor belonen. Niemand hoeft het te weten. Ik eh... ik kan een roman schrijven, met jou als belangrijkste personage,' bedenkt hij gauw als de vogel niet reageert. Hij heeft nog nooit iemand omgekocht, maar het is de enige troef die hij heeft. 'Je kan heel beroemd worden. Denk je eens in, jij op het omslag van mijn bestseller.' Hij verzint van alles om de Garuda op andere gedachten te brengen, maar de vogel blijft dalen. Alsof roem niets voorstelt, denkt Johan. Hier door die duisternis heen en weer vliegen, dat is zeker fijn. Hij wil me gewoon krenken, hij denkt dat ik te veel verbeelding heb omdat ik een gevierd schrijver ben, maar ik ben juist zo eenvoudig gebleven. De vogel blijft hem negeren en dat maakt hem razend.

'Besef jij wel met wie je van doen hebt! Mijn fans zouden het een eer vinden om mij ergens heen te mogen brengen en jij verdomt het. Weet je wel hoeveel er over mij op internet is te vinden?'

Maar wat hij ook zegt, het heeft geen enkel nut, de Garuda is totaal niet onder de indruk en zet de daling voort.

In een flits gaat zijn verleden als schrijver aan hem voorbij. Elke ochtend begon als een mooie inspirerende dag. Hij ervoer voldoening aan het eind van de werkdag als hij las wat er op papier stond. De laatste maanden van zijn carrière waren dan misschien niet gemakkelijk, maar dat weegt niet op tegen jaren van vreugde. Al tweemaal op rij wist hij de publieksprijs te winnen. Hij wordt overal met open armen ontvangen. Hij is helemaal vrij en hij heeft genoeg geld om alles te doen wat hij wil, en nu is hij slechts door één onbezonnen ogenblik volkomen afhankelijk van een vogel uit een mythe.

Johan krijgt een wee gevoel in zijn maag. Het is nachtdonker, hij kan geen hand voor ogen zien. De Garuda gaat lager en lager en wordt steeds kleiner. Dan raken de poten van de vogel de grond. Hij kijkt om zich heen, maar ziet niets.

De Garuda klappert ongeduldig met zijn vleugels, klaar om te vertrekken.

'Je kan mij hier toch niet zomaar achterlaten!' Hij neemt zich voor te blijven zitten, maar de vogel buigt schuin naar achteren en Johan glijdt van zijn rug. 'Het is nu aan jou!' klinkt het door de nacht en weg is de Garuda.

Angstig blijft Johan op de onbekende plek staan. Alleen de sterren en de maan zijn hem vertrouwd. Hij is bang, maar ook woest. Hoe durft dat beest!

Dan denkt hij het geluid van klotsend water te herkennen. Zijn vermoeden wordt bevestigd als het langzaam licht begint te worden.

De Garuda heeft hem afgezet op een onbewoond eiland! Nergens een huis, of een hotel. Hoe moet hij hier wegkomen? Ze moeten hem maar ophalen. Hij haalt zijn mobiel uit zijn broekzak: geen bereik.

Een warme wind waait door zijn haar. Hij heeft nog geluk dat de vogel hem op een warme plaats heeft achtergelaten. Voor hetzelfde geld was hij in de ijskou terechtgekomen en doodgevroren. Hij heeft niet eens een jas bij zich.

Hij loopt het strand op. Er moeten hier mensen zijn geweest, in het zand staan voetafdrukken. Hij volgt een spoor van platgetrapt gras dat vanuit het zand het bos in loopt en uitkomt op een open vlakte. Op de korrelige droge aarde ligt een berg as. Hij voelt met zijn hand en constateert dat de as nog warm is. Er moeten hier mensen zijn. Opgelucht haalt hij adem. Misschien zijn het vissers en kunnen ze hem helpen hier weg te komen. Hij denkt aan zijn laatste roman, die

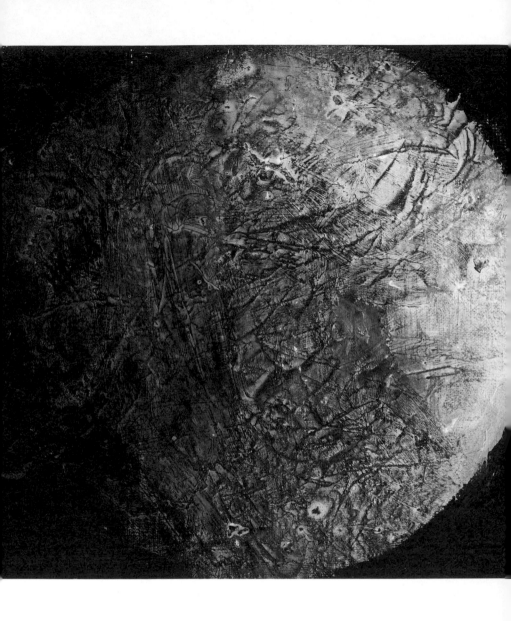

Alleen de sterren en de maan zijn hem vertrouwd.

altijd in zijn binnenzak zit. Hij kan dat exemplaar voor ze signeren, in ruil voor een lift. Als hij maar eerst in de bewoonde wereld is, dan ziet hij daar wel verder. Hij heeft geen benul hoe laat het is. Volgens zijn horloge is het middag, maar hier is de zon nog maar net op.

Doelloos loopt hij rond tot hij ineens geritsel hoort. Vanachter een struik komt een slanke vrouw tevoorschijn, ze heeft blond lang loshangend haar, waar hier en daar plukken grijs doorheen schijnen.

'Goedendag,' zegt hij. 'Wat ben ik blij dat ik u tref. Ik ben hier per ongeluk terechtgekomen en ik wil zo snel mogelijk weg.'

Ze kijkt hem verbaasd aan, maar aan dit soort blikken is hij wel gewend. Ze kan natuurlijk niet geloven dat hij het is. Hij wil uitleggen dat ze inderdaad tegenover de bestsellerauteur staat, maar ze is hem voor.

'U kent me zeker wel,' zegt ze. 'Ik ben World's Topmodel. Ik heb de laatste jaren op de cover van bijna elk modeblad gestaan. Het kan zijn dat u me op de *Vogue* heeft gezien, ik was zo'n beetje hun muze mag ik wel zeggen. Neem me niet kwalijk, het is tijd om mijn gezicht met zoet water te deppen. Aan u kan ik het wel vragen, u heeft mij al een tijdje niet kunnen zien, vindt u dat ik er oud uitzie?'

'Nee, helemaal niet.' Hij ziet wel een paar rimpels, maar die misstaan haar niet.

'Godzijdank. Ik heb mijn hele leven de zon gemeden. Zonnestralen verergeren het verouderingsproces. Ik heb een plek gevonden op het eiland waar het licht precies goed is voor mijn huid. Ik wil niet onaardig zijn, maar die plek is nu van mij. Als u straks meeloopt, dan wijs ik hem aan. Het gaat trouwens niet alleen om de zon, hoor, voeding is ook zeer be-

47

langrijk. Jammer genoeg is hier niet veel keus. U bent hier zeker net aangekomen? Ik heb u niet eerder gezien. Mag ik u een brutale vraag stellen?'

Hij knikt.

'Heeft u toevallig een spiegel bij u, het hoeft geen grote te zijn. Ik probeer mezelf in het water te zien, maar dat lukt alleen af en toe en dan is het beeld niet bepaald scherp.'

'Ik moet u helaas teleurstellen.'

'Niemand heeft hier een spiegel. We waren er geen van allen op voorbereid.'

'U bedoelt dat er hier nog meer mensen zijn?'

'Jazeker, u zal ze zo wel zien. We zitten allemaal in hetzelfde schuitje, nou ja, zaten we maar in een schuitje. O, neemt u me niet kwalijk, kunt u een tikkeltje opzijgaan, u staat in mijn licht.' En ze duwt hem zachtjes opzij.

'Het ochtendlicht, daar moet ik het van hebben. Daarom zorg ik er altijd voor dat ik vroeg opsta. Slaap is heel belangrijk, maar uitslapen heeft weer een negatief effect op de energie van het lichaam, en bovendien heb ik tijd nodig voor mijn oefeningen.'

'Bent u hier al lang?'

Ze knikt. 'Alweer enige jaren.'

Hij voelt dat hij wit wegtrekt. 'We kunnen hier dus niet weg?'

'Nee,' zegt ze, 'even een warming up,' en ze maakt kleine sprongetjes op de plek waar ze staat. 'Maar het went wel, hoor, ik heb mijn draai intussen aardig gevonden. We waren eerst met z'n achten, maar er zijn er twee spoorloos verdwenen.'

'Gevlucht?'

'Geen idee,' zegt ze, terwijl ze haar rechterbeen schuin tegen een boom zet en strekt. 'We zagen ze opeens niet meer. In elk geval hebben we nooit meer iets van ze vernomen.'

'Ik kan me niet permitteren om hier jaren te blijven. Mijn uitgever heeft me nodig en mijn lezers wachten op mijn nieuwe roman.'

'Ik zie u straks,' zegt ze en ze begint te rennen.

Hij kijkt om zich heen, bos en aan alle kanten water, verder is er niets te zien. Nu dringt het in alle hevigheid tot hem door: hij zit gevangen op een eiland! Dit overleeft hij niet. Het vliegt hem al aan als hij ergens een aantal uren moet blijven en dan zal hij hier jaren gevangen moeten zitten? Hij moet moeite doen zichzelf niet te verliezen. Hij kent die vrouw niet, misschien laat ze altijd alles op z'n beloop. Hij is niet van plan zich er zomaar bij neer te leggen. Hij geeft niet snel op. Er moet toch een manier zijn om hier weg te komen?

'Ah, je komt als geroepen.' Een lange forse man komt uit een hol gekropen. Het korte grijze haar met de scheiding in het midden en de zwarte ronde bril geven hem iets strengs. 'Heb je ervaring?'

'Ervaring? Wat bedoelt u?' Johan kijkt naar de blonde vrouw die langsrent. Een eindje verderop gaat ze plat op haar rug liggen en begint met haar benen in de lucht fietsbewegingen te maken.

'Er moet nogal wat gebeuren. Ik neem aan dat je zelf ook graag in leven blijft. Je krijgt je eten hier niet op een presenteerblaadje. Er komt heel wat voor kijken om alles op rolletjes te laten lopen, maar wees gerust, dat is bij mij in goede handen.'

De vrouw draait op haar buik en drukt zich op.

'Wat sta je hier nog?' zegt de man ongeduldig. 'Ga aan het

werk. Ik zie het wel aan je, jij bent geen gemakkelijk type, maar ik kan je aan. Ik heb mezelf opgewerkt en ben begonnen als baas over zes mensen. Ja, je hoort het goed, zes mensen maar. Jij denkt zeker: daar hoef je toch niks voor te doen, maar daar gaat het nou net om. Zes mensen hebben hetzelfde nodig als de honderdzestig mensen die ik later onder mijn hoede kreeg. Het werden er uiteindelijk zestienduizend. Ik heb er heel wat laten sidderen, maar altijd voor hun eigen bestwil. Wat heb je hiervoor gedaan?'

'Ik ben schrijver,' zegt hij en hij wil zijn naam noemen, maar de man geeft hem geen kans.

'Geen vak dus. Proficiat, je kan nog heel wat van me leren. Niet lullen maar poetsen zeg ik altijd. Jij zorgt voor de thee, zo begint iedereen hier.'

'Sorry, maar ik ben net aangekomen, ik heb geen idee waar ik theebladen kan vinden.'

'Hoezo, net aangekomen? Verwacht je soms dat we een warm bad voor je laten vollopen en je onthalen met een vier-gangenmenu? Eén ding: we gaan je hier niet pamperen, je zoekt het maar uit, daar word je een grote jongen van. Jij ziet er trouwens goed uit vandaag.' En hij geeft de blonde vrouw een klap op haar kont.

'Dat flik je niet nog eens!' Ze heft dreigend haar hand.

'Vrouwen hebben geen humor.' De man begint hard te lachen.

Johan ziet hoe de blonde vrouw in de brillenglazen van de man kijkt of ze haar spiegelbeeld kan zien.

'Aan het werk, jij!'

Johan deinst van schrik achteruit. Geen prettig persoon, denkt hij.

'Acteur!' galmt het over het eiland.

Een slanke man met een sik en een ringetje door zijn oor stapt uit een hangmat. Hij heeft een hagelwit, driedelig pak aan met gouden sneakers eronder. 'Oh, nieuw publiek!' roept hij blij als hij Johan ziet. 'De liefhebbers van theater weten me nog steeds te vinden. Handtekeningen na de voorstelling.'

Hij kent thee alleen uit zakjes uit de supermarkt. Hij herinnert zich wel dat zijn oma thee plukte. Citroenmelisse en verse munt. Hij heeft haar er wel eens bij geholpen, maar hij zou de plantjes nu niet meer herkennen. Hij loopt maar wat rond, tot hij een veldje brandnetels ontdekt. Verdomd! Brandnetelthee. Hij wil zich niet branden en voelt in zijn zak, maar hij heeft geen zakdoek bij zich. Hij vraagt zich af hoe hij het zal aanpakken als een man met een hippe bril, een glitterjasje en zwarte glimschoenen aan komt snellen. De man is hem al voorbij als hij zich omdraait en hem aankijkt.

'Wat een verrassing. Heb je een goeie reis gehad? Als je meeloopt kan je meteen in de uitzending. Ik stel mijn assistent op de hoogte van je komst. Meestal doet ze een voorgesprek, maar dat redden we al niet meer. Wat een cadeau!' In snelle pas gaat hij Johan voor.

Nog iemand die hier al geruime tijd verblijft, denkt hij als hij ziet hoe vanzelfsprekend de man zich door het bos begeeft.

'Om precies drie uur gaan we de lucht in. Volgens mij ben jij nooit te gast geweest in ons programma, of vergis ik me?'

'Nee, dat klopt.'

'Ah, kijk eens aan,' zegt de presentator als ze op een open plek uitkomen met uitzicht op de zee. 'Onze vaste gast is al gearriveerd.'

Een man in een marineblauw pak, met lichtblauw overhemd en een stropdas knikt naar hem. Een vrouw met lang zwart haar, gouden oorringen en kleurige lange rokken plukt de pluisjes van het colbert van de man.

'Medium, zet jij onze hoofdgast even aan tafel,' zegt de presentator.

De vrouw plukt het laatste pluisje van de revers en schuift een boomstronk voor Johan naar achteren.

'We hebben nog een paar minuten,' zegt de presentator terwijl hij z'n microfoontje aan Johans kraag vastklikt.

Ineens dringt het tot Johan door wat er staat te gebeuren. Hij is hier nu wel volgzaam gaan zitten, maar wil hij wel op tv? Hij heeft zich niet eens geschoren. Stel je voor dat de man hem vraagt naar de inhoud van zijn nieuwe roman! Hij kan nu niet meer terug. Hij draait aan zijn zegelring en bedenkt vast koortsachtig hoe hij zich eruit moet redden als de presentator over zijn roman zal beginnen.

'De kijkcijfers van gisteren?' vraagt de presentator, maar het medium krijgt geen tijd om te antwoorden, want hij begint al met aftellen. 'Nog vier seconden, drie...' bij twee steekt de presentator zijn wijsvinger in zijn mond en bij één houdt hij de natte vinger in de lucht. Dan gebaart hij naar het medium dat de verbinding in orde is en gaat snel zitten.

'Goedemiddag, welkom bij ons dagelijkse actualiteitenprogramma *Aangespoeoeoeoeld*. Onze vaste gast hier links van mij hoef ik niet meer aan u voor te stellen. Verder hebben wij vandaag een nieuwe interessante gast aan tafel. Medium, kan jij mij vertellen wie de nieuweling is? Hoor je me wel?' Hij kijkt rond, maar het medium staat achter hem en wil net een kam door zijn haar halen.

'O, ja natuurlijk kan ik dat.' Ze staat al naast Johan en buigt zich over zijn hand. 'Ik zie hier een zeer gelukkig mens, die al op jonge leeftijd wist wat hij wilde en zijn passie volgde. Hier aan tafel hebben we een beroemd goochelaar.'

'En daar plukken wij nu de vruchten van,' valt de presentator in. 'Hij zal u hier zijn nog niet eerder vertoonde goocheltruc laten zien.'

'Neem me niet kwalijk,' reageert Johan geërgerd, 'ik ben schrijver.'

'Vanochtend, beste kijkers, is onze gast aangespoeld,' gaat de presentator verder. 'Ik zal u laten zien waar ik hem precies aantrof.' En hij loopt naar het water en wijst een willekeurige plek op het natte zand aan. 'Hier vond ik hem. U begrijpt hoe verrast ik was toen ik de beroemde goochelaar drijfnat bij de vloedlijn zag liggen. We hebben hem zo vaak uitgenodigd, maar dat hij de gevaarlijke oceaan voor mijn programma zou trotseren, had ik nooit durven dromen. Een applausje voor onze illusionist.' Terwijl hij in zijn handen klapt, loopt hij terug naar de tafel en gaat weer zitten.

De handlezeres zwiept een felgekleurd vogeltje dat door het programma heen zingt van tafel.

'En aan de andere kant van de tafel,' gaat de presentator verder, 'zit onze...?' Hij kijkt gestrest naar het medium.

'Onze chef-kok,' zegt ze.

'Zo achter het fornuis vandaan, kijkers,' neemt de presentator het gesprek weer over. De u allen bekende...'

De man springt kwaad op en gaat met een woedende kop voor het medium staan. 'Hou toch eens op, halve gare trut, met je kok. Ik ben geen kok, moet ik dat nou elke keer zeggen. Ik ben projectontwikkelaar. Elke dag die onzin dat ik kok zou zijn.'

'We gaan er even tussenuit voor de reclame,' roept de presentator nerveus.

Hij kijkt ontzet naar de projectontwikkelaar. 'Wat maak je me nou? We zitten midden in de uitzending!'

'Ik wil het voor eens en voor altijd rechtzetten,' zegt de man met een rood hoofd. 'Ik ben projectontwikkelaar!'

'Ik lees anders in uw aura dat u kok bent,' houdt het medium vol, 'en ik zit er nooit naast.'

'U hoort het, onze handlezeres vergist zich nooit.'

'Ik ben ook geen goochelaar,' zegt Johan.

'Goochelen we niet allemaal heel wat af?' vraagt de presentator charmant. 'Wat denk je, ben je er klaar voor?'

'Waarvoor?'

'Voor je truc. De reclame kan elk moment afgelopen zijn.'

'Ik kan helemaal niet goochelen, ik ben schrijver,' zegt hij weer.

'Ah, je goochelt met woorden. Wel goochelaar dus.'

'Denk erom, ik wil het woord kok niet meer horen,' zegt de projectontwikkelaar.

'Ga nou maar weer rustig zitten,' sust de presentator. 'Straks krijg je de kans reclame te maken voor je restaurant.'

'Akkoord,' zegt de projectontwikkelaar, 'want dat is tenslotte een belangrijk onderdeel van mijn project.'

'Attentie, we hervatten de uitzending,' roept de presentator.

'Toi toi, toi!' Het medium steekt haar duimen omhoog.

De presentator telt af. 'Vier, drie, twee...' Hij steekt zijn wijsvinger in zijn mond en houdt de natte vinger weer in de lucht.

'Verdomme! We zijn eruitgegooid!' roept hij in paniek. 'Dat is ons nog nooit gebeurd. We zijn uit de lucht. Er moet ergens een concurrerend programma zijn dat ons hindert. Het goede nieuws is dat ze bang voor ons zijn. Ja, ze hebben de kijkcijfers gezien en die stijgen met de dag. Wat een eer!

Aangespoeld is nu al een bedreiging voor elk ander actualiteitenprogramma in deze omgeving. Medium, het is natuurlijk mijn verdienste, maar zonder jouw handlezen zouden we niet zover zijn gekomen. Meid, heel hartelijk bedankt en jullie natuurlijk ook. De gasten bepalen een groot gedeelte van het succes en al zeg ik het zelf, daar heb ik een goede neus voor. Ik pik ze overal vandaan, toch?' Hij kijkt Johan aan.

'Wat wenst u, generaal?' vraagt de presentator triomfantelijk aan de forse man met de bril die voor hen staat, waarop de generaal wenkt dat Johan moet komen.

'Ik dacht dat jij de thee zou verzorgen. Je weet het misschien nog niet, maar als ik een order geef, dan voer je die ook uit, begrepen?'

*

Nog steeds heeft hij geen idee waar hij zich bevindt. Niets weet hij, zelfs niet waarom zijn lotgenoten hier zitten en hoe ze hier zijn terechtgekomen. Misschien omdat hij bang is voor het antwoord, durft hij het ze niet te vragen.

Gisteravond zaten ze de hele avond rond het vuur, tot de generaal de vlag streek. Voordat Johan er erg in had was iedereen vertrokken. Hij had verwacht dat ze hem zijn slaapplek zouden wijzen. Het was onmogelijk om in het donker een geschikte plek te vinden, daarom is hij maar naast het vuur gaan liggen dat langzaam doofde. Uren heeft hij daar onder de blote hemel in het donker gelegen en de hele nacht is hij bezig geweest muggen van zich af te slaan en werd hij geplaagd door legers mieren.

Zodra het licht werd is hij op zoek gegaan naar een passend onderkomen, maar de beste plekken waren al ingenomen. In een rotswand vond hij een spelonk, net breed genoeg om erdoorheen te gaan. Daarachter lag een grot, waarbinnen het droog was en niet koud.

Johan kijkt naar de man die de generaal genoemd wordt. Hij inspecteert de plek waar de acteur straks zijn voorstelling zal geven. Daar waar de grond is bedekt met mos is het podium. Ervoor liggen boomstronken die dienstdoen als stoel. Johan is eigenlijk helemaal geen liefhebber van theater. De keren dat hij een schouwburg heeft bezocht, zijn op één hand te tellen. Voor hem is het geen ontspanning, omdat hij tijdens de voorstelling alleen maar bedenkt hoe híj het verhaal zou laten aflopen. Nu vindt hij het wel prettig, wat moet hij hier anders? Verveling is zijn grootste angst.

Volgens de generaal krijgt hij geen tijd om zich te vervelen. Hij heeft hem een lange lijst laten zien met alle dagelijkse taken. Johan is samen met de blonde vrouw verantwoordelijk voor het avondeten. Gisteren is hij meteen aan het werk gezet. Hij moest zeekraal en lamsoor gaan zoeken langs de kust. Alsof hij wist hoe dat eruitzag, bij zeekraal kon hij zich nog wel iets voorstellen, maar lamsoor kende hij niet.

Hij vroeg de blonde vrouw hem te helpen, maar ze antwoordde niet en wees naar een rood lint in haar haar. Hij bleef haar verwachtingsvol aankijken, tot ze een stuk papier pakte, er iets op noteerde en het hem overhandigde. *Als ik mijn rode lint in heb, spreek ik niet,* stond er. *Van te veel praten krijg ik rimpels om mijn mond.*

Toen moest hij tegenover de generaal wel bekennen dat hij niet wist hoe lamsoor eruitzag. De generaal pakte hem bij zijn arm en trok hem mee. Telkens als de generaal lamsoor zag duwde hij hem omlaag.

'Johanna!' Automatisch kijkt Johan zijn kant op.

De generaal komt stampend aanlopen. 'Wat sta jij daar te niksen. Ik weet niet of je het doorhebt, maar de voorstelling begint zo. Ik zie vijf zitplaatsen. Je verwacht toch niet dat wij voor jouw plaats gaan zorgen, hè? Of blijf je staan?'

'Daar had ik nog niet aan gedacht,' verontschuldigt hij zich en hij verdwijnt in het bos om een geschikte boomstronk te zoeken. Op de terugweg ziet hij de acteur langs het water op en neer lopen. Hij moet zich blijkbaar opladen. Hij herkent de spanning van zijn eigen optredens.

Aan de gespannen houding van de generaal te zien, staat de voorstelling op het punt te gaan beginnen. De generaal zet zijn handen aan zijn mond: 'De zaal is open!'

Johan weet niet of het de bedoeling is dat hij al gaat zitten en blijft met de boomstronk onder zijn arm aarzelend aan de zijkant staan.

De generaal gebaart hem de stronk neer te zetten en te gaan zitten. 'Je hebt toch niet voor niks een stoel gehaald.'

De blonde vrouw komt ook het theater in. Ze verzet haar boomstronk zodat ze nog net in de schaduw van de palmboom zit.

De generaal wenkt de acteur, die het podium opstapt.

'Hooggeacht publiek, ik heet u allemaal van harte welkom. Ik, de u allen welbekende en veelgeprezen acteur, zal hier over enkele ogenblikken mijn wereldwijd gelauwerde monoloog vertolken, een fragment uit de toneelbewerking van *Dagboek van een gek* van Gogol. Het is overbodig te vertellen dat het mijn meest succesvolle voorstelling aller tij-

57

Hooggeacht publiek, ik heet u allemaal van harte welkom.

den is. Ik hoop dat u er net zo van zal genieten als al die andere duizenden toeschouwers voor u.'

De acteur gaat met de rug naar het publiek staan, blijkbaar concentreert hij zich, want pas een paar minuten later draait hij zich om. Johan is benieuwd naar zijn spel.

'Weer hetzelfde riedeltje,' blaast de generaal de eerste zinnen van de acteur weg. 'Hoeveel keer heeft hij dit nou al gedaan?'

'Hij heeft er heel veel succes mee gehad,' zegt de blonde vrouw. 'De kranten stonden er vol van. Lovende recensies.'

Ze praat weer, denkt Johan verbaasd. Ze heeft het rode lint niet meer in haar haar.

'Elk theater wilde hem hebben,' zegt de generaal. 'Jaren heeft hij rond de wereld getoerd.'

'Op het laatst had iedereen het wel gezien.' De blonde vrouw kijkt naar het medium die naar haar boomstronk sluipt, hem optilt en plaatsneemt naast de generaal.

'Natuurlijk hadden ze het allemaal wel gezien,' zegt de generaal. 'De fut is eruit, maar hij denkt nog steeds dat het boeit.'

Johan vindt het gênant, hij kan de acteur niet eens verstaan, hij begrijpt niet dat hij gewoon maar doorspeelt. Nadrukkelijk maant hij de anderen tot stilte.

'Man, hou toch op,' zegt de generaal. 'Hij heeft helemaal geen last van ons, dat zie je toch. Hij heeft dit stuk al duizenden keren opgevoerd en blijft er maar mee doorgaan.'

'Ook nu het publiek er genoeg van heeft,' vult de blonde vrouw aan.

Johan ziet hoe het medium zich in bochten wringt om stiekem de hand van de generaal te bestuderen.

'Zeg maar gerust dat ze hem hebben uitgekotst,' zegt de

generaal. 'Op het laatst zat er geen hond meer in de zaal.'

'Hij zou eens iets anders moeten proberen.' De blonde vrouw kijkt verveeld naar haar nagels.

'Een one trick pony,' zegt de generaal.

Johan doet zijn best toch nog iets van de voorstelling te volgen. Hij vindt dat de man knap acteert. Het is een dramatische scène, hij heeft zijn handen ten hemel geheven. Af en toe vangt Johan een woord op.

'Stop onmiddellijk met die hocus pocus!' De generaal duwt het medium ruw opzij. Ze valt met kruk en al om. Hij pakt zijn boomstronk en gaat naast Johan zitten. Hij wijst naar het toneel.

'Dit stuk is toch volkomen platgespeeld, of niet soms? Jezus, we zijn nog niet eens op de helft,' zucht hij als de acteur stil spel geeft. Na een paar minuten staat hij beslist op en stapt het podium op, midden in een scène waarin de acteur op zijn knieën zinkt en om vergeving vraagt.

'Pauze!' kondigt hij aan, maar de acteur gaat zo op in zijn rol dat de generaal het een paar keer moet herhalen.

Vrijwel direct komt de acteur naar Johan toe. 'Hoe vond je het?'

'Eh, je leeft je heel goed in,' zegt hij. 'Ja, ik kan wel zien dat jij een groot talent bent.'

'Dank je.' De acteur loopt glunderend weg.

'Johanna!' klinkt het over het eiland. 'Wordt het geen tijd om ons avondmaal voor te bereiden?'

'En de voorstelling dan?' vraagt Johan.

'Niks voorstelling. Morgen gaat de voorstelling wel weer verder.' De generaal brengt zijn gezicht dichtbij. 'Wat sta je nou te kijken! Elke dag zie ik die flauwekul.'

'Is het niet frustrerend voor hem om midden in de voorstelling te moeten stoppen?'

'Hij mag blij zijn dat het theater nog opengaat. Dit is het voor vandaag, punt uit. Als hij moeilijk gaat doen, dan sluit ik het theater, dan komt er helemaal nooit meer een voorstelling.'

'Prima,' zegt de blonde vrouw, 'dan zijn we daar ook weer vanaf.'

'Ik zeg niet dat ik het doe, ik waarschuw alleen maar.'

'Als er toch niks meer komt, kunnen we beter het eten voorbereiden,' zegt de blonde vrouw tegen Johan. 'Ik zorg voor het fruit en dan haal jij de groenten uit onze groentetuin.'

'Wat krijgen we nou?' De generaal zet zijn bril recht. 'Ga jij hier de regels bepalen?'

'Ik dacht alleen maar...'

'Jij kan helemaal niet denken. Ik herhaal het nog één keer: jij gaat over de groentetuin. Ik heb het allemaal perfect uitgedacht. Je weet dit al sinds jaar en dag. De groentetuin is jouw taak. Als je ervan af wil, dan kun je dat met mij bespreken, maar je gaat de regels niet op eigen houtje aanpassen. Dan wordt het hier een chaos. Waarom moet ik toch overal bovenop zitten, ik kan niets aan jullie overlaten.' Hij loopt blauw aan van woede. 'Ja, smeer je kop maar weer in met zeewier. Voor mijn part smeer je je helemaal in met zeewier, maar alles loopt via mij, begrepen?'

*

Zodra de generaal het teken geeft, verdeelt de blonde vrouw de maaltijd over zeven bananenbladen. De generaal staat naast haar en houdt in de gaten of de porties even groot zijn. Met het bananenblad op schoot zitten ze in een kring.

Het valt Johan op dat ze allemaal met de rechterhand eten, terwijl ze hun linkerhand beschermend om het bananenblad heen houden. Hij is niet van plan deze kinderlijke gewoonte over te nemen, maar wanneer hij even niet oplet, graait het medium een bamboescheut van zijn blad.

Nog geen kwartier na het eten krimpt hij in elkaar van de pijn. Rauwkost kan hij moeilijk verdragen, maar de kramp in zijn buik kan ook van de scherpe kruiden komen. Het voelt alsof zijn darmen uit zijn lijf branden en hij rolt kreunend over de grond.

'Als je toch een buikspieroefening doet, weet ik een veel effectievere,' zegt de blonde vrouw.

'Zie je wat ik doe?' vraagt ze terwijl ze hem de oefening voordoet.

Ze heeft blijkbaar geen idee dat hij crepeert van de pijn. Gelukkig gaat het na enige tijd alweer beter en hij komt overeind.

Hij ziet hoe de generaal op zijn voeten op en neer veert, zijn blik gericht op de projectontwikkelaar, die telkens drie grote stappen neemt en dan een tak in de grond steekt.

De generaal klapt in zijn handen. 'Hallo! Wat heeft dit te betekenen?'

'Kijken jullie even mee, is dit een rechte lijn?' De projectontwikkelaar veegt met een zakdoek het zweet van zijn voorhoofd. Terwijl hij de lijn doortrekt, loopt hij dwars door het theater, en de acteur springt op. 'Mijn theater!'

De generaal stampt met zijn rechtervoet op de grond. 'Jij

houdt hier onmiddellijk mee op. Waar ben je mee bezig?'

De projectontwikkelaar meet de lijn. 'Hier komt het hotel!'

'Mag ik even weten waar je het over hebt?'

'Een hotel!' roept de blonde vrouw blij. 'Geweldig, met een fitness, sauna en een beautycenter. Dat ik dit mag beleven.' Ze werpt een kushand naar de projectontwikkelaar.

'Hoor ik dat goed? Krijgen we hier een hotel?' De presentator haalt een opschrijfboekje tevoorschijn en begint te schrijven.

'Ik vrees dat je niet goed wijs bent,' zegt de generaal. 'De grond hier is immers helemaal niet te koop?'

'Laat dat maar aan mij over,' lacht de projectontwikkelaar. 'Als ik mijn oog op een stuk grond heb laten vallen, is het nog nooit aan mijn neus voorbijgegaan.'

'Geweldig, dit wordt een unieke uitzending,' juicht de presentator en hij schrijft maar door.

De generaal doet een stap richting de projectontwikkelaar. 'Jij overtreedt de regels. Ik ben degene die hier de dienst uitmaakt en verder niemand.'

'Jij hebt geen verstand van onroerend goed,' bijt de projectontwikkelaar hem toe terwijl hij ook een stap naar voren doet. 'We zullen toch iets moeten afspreken.'

'Maar mijn theater moet intact blijven,' zegt de acteur beslist.

'Dat is het probleem niet. We kunnen je theater zonder problemen verplaatsen.'

De acteur snuift beledigd. 'Onmogelijk. De voorstelling moet doorgaan. Wat denk je dat er met mijn publiek gebeurt als ik niet op het toneel verschijn? Mijn halve leven heb ik opgetreden, elke dag, zelfs met veertig graden koorts ben ik in de bus gestapt om door het land te reizen, en dan zal u mij dat nu beletten. Het gaat ten koste van mijn naam.'

'Dan verplaats je het niet. Bij grote veranderingen moet altijd iets sneuvelen.'

'Cultuurbarbaar!' roept de acteur.

'Begin nu niet over kunst en cultuur!' zegt de projectontwikkelaar. 'Ik heb mijn hele leven belastinggeld weggegooid voor die onzin. Ik ben er klaar mee. Klaar met kunst en cultuur!' Hij spuwt op de grond.

De presentator komt aangesneld. 'Wilt u dat nog eens zeggen?'

'Klaar met kunst en cultuur!' roept de projectontwikkelaar giftig.

De handlezeres slaat een kruis.

'Geweldig!' zegt de presentator stralend. 'Wilt u dat vanavond in de uitzending herhalen?'

De acteur scheurt driftig een vel papier uit het blocnote van de presentator. 'Ik begin een handtekeningenactie tegen het hotel.'

De generaal wenkt de acteur pen en papier aan te geven en zet zijn handtekening. 'Zo,' snuift hij minachtend naar de projectontwikkelaar. 'Het hele plan gaat niet door zonder mijn toestemming. Je had mij vanaf dag één op de hoogte moeten brengen. Jij hebt van alles in gang gezet zonder mij erin te betrekken.'

'Jij kan mij niet tegenhouden,' zegt de projectontwikkelaar. 'Ik heb al toestemming om te bouwen.'

'Van wie dan wel, als ik vragen mag?'

'Van de eigenaar van deze grond. Dat ben ikzelf. Sinds een paar dagen behoort deze grond mij toe.'

De generaal wordt vuurrood. 'Ik teken bezwaar aan! Johan,

jij kon toch schrijven? Laat dat dan maar eens zien en stel voor mij een bezwaarschrift op.'

'Dat zou heel dom zijn,' zegt de projectontwikkelaar. 'Dit is een uitgelezen plek voor toerisme.' Met een weids gebaar wijst hij op de omgeving. 'Hier is alles voor de reizende mens. Strand, zee en zon.'

Het medium slaat haar handen ineen. 'Als het maar niet te druk wordt, ik wil voldoende tijd en aandacht aan iedere gast kunnen besteden, dat is een must met mijn vak, anders maak ik fouten. Als er drommen mensen op me staan te wachten word ik nerveus.'

'Spreek me niet van drommen mensen!' stampvoet de generaal. 'Dat hotel komt hier niet, over mijn lijk.'

'Stilstand is achteruitgang!' zegt de projectontwikkelaar.

'Je praat pure onzin, de meeste bedrijven gaan kapot aan een te snelle groei. Ik kondig een bouwstop aan. Als je zo nodig moet bouwen, bouw dan een medisch centrum.'

'Kerel, denk even na, er is hier in de hele omgeving geen dokter te bekennen,' zegt de projectontwikkelaar. 'Geen arts komt hier naartoe.'

'Wat denk je van artsen zonder grenzen,' zegt de acteur. 'Die staan voor niets.'

'Ja,' zegt het medium, 'die sponsor ik al jaren, dat is toch het minste wat ze terug kunnen doen.'

'Een plastisch chirurg, zit die daar ook bij?' vraagt de blonde vrouw.

'Ik stel voor dat we deze plannen verder bespreken tijdens de uitzending,' zegt de presentator. 'Dit kan een fantastische discussie worden, en anders is de spontaniteit eraf.'

De generaal knikt instemmend. 'Mee eens, je kan je mening maar één keer keihard verkondigen.'

'We moeten alle facetten belichten.' De presentator slaat tevreden zijn blocnote dicht.

'Je maakt jezelf alleen maar belachelijk.' De projectontwikkelaar loopt weg.

'Ik heb wel voor hetere vuren gestaan,' roept de generaal hem na. 'Het wordt trouwens donker.' Terwijl hij de vlag strijkt, daalt er een angstige stilte over het eiland.

*

Hij is doodmoe, maar telkens als Johan bijna in slaap valt, schrikt hij wakker van het gesnurk van de generaal. Het is elke nacht hetzelfde lawaai. Hij begrijpt niet hoe de anderen hier doorheen kunnen slapen. Hij zucht wanhopig. Doordat de generaal hem overdag allerlei taken opdraagt lukt het hem om de benarde situatie waarin hij is terechtgekomen te verdringen. Maar nu hij wakker ligt komt alles op hem af. De angst dat hij hier nooit meer wegkomt, dat hij oud zal worden en zal sterven, te midden van deze mensen met wie hij niets gemeen heeft.

Hij denkt aan het strafeiland voor mislukte jongetjes waar zijn vader mee dreigde. Hij gaat rechtop zitten en hapt naar lucht als hij buiten gekraak en geritsel hoort. Het komt steeds dichterbij. In het licht van de maan ziet hij iemand staan. 'Niet schrikken,' fluistert een vrouwenstem.

'Wie bent u?' Hij ziet een mollige in nachtpon gehulde vrouw die hij nog niet eerder heeft gezien.

Ze komt ongevraagd naast hem liggen en buigt zich naar hem toe. 'Ik heb rammelende eierstokken,' fluistert ze. 'Het is nu of nooit. Het is mijn laatste kans om nog moeder te worden.' Ze gaat over hem heen liggen. 'Schenk me alsjeblieft een kind!'

'Luister,' zegt hij, 'ik kan vrouwen niet bevruchten, mijn zaad is dood.'

Ze rent met veel lawaai door de spelonk, zijn grot uit en hij gaat haar achterna. 'Het spijt me,' zegt hij.

'Weer dat gedoe over je eierstokken,' hoort hij de generaal, die mopperend in zijn ondergoed zijn hol uit komt kruipen. 'Hoe vaak moet ik het je nog zeggen. Wij hebben hier overdag onze verplichtingen, 's nachts hebben we onze nachtrust nodig!'

'Ik moet me voortplanten!' jammert de vrouw. 'Maar daar schijnt hier niemand zich iets van aan te trekken.'

De acteur is blijkbaar ook wakker geworden en werpt gapend een paar takken op het vuur zodat het weer opvlamt.

Plechtig, zij het met ingehouden woede, zegt de generaal: 'Ik eis dat dit hele gynaecologische onderwerp van de agenda gaat!'

'Mens waar heb je het nou toch steeds over?' klinkt de stem van de blonde vrouw vanachter haar struik. 'Wil je hangtieten en een blubberbuik, om over je poenanie nog maar te zwijgen?'

'Mijn hormonen spelen op! Is dat dan niet wat zin geeft aan het leven, zo'n klein lief baby'tje? Je weet niet hoe ik daarnaar verlang.'

'Etters zijn het,' roept de blonde vrouw.

Verontwaardigd zit het medium bij het vuur. 'Hoe wil jij dat trouwens doen? Jij denkt alleen maar aan je carrière, we zien je nooit, je bent dag en nacht aan het werk.'

'Precies,' roept de blonde vrouw, 'en dan kunnen wij zeker

Schenk me alsjeblieft een kind.

op zo'n huilend apparaat passen. Ik snap toch al niet waarom jij je per se wilt voortplanten. Wat moet daar nou uitkomen? Zo mooi ben je niet.'

'Ik wil moeder worden!'

'Maak dan een kind,' zegt de acteur, 'maar laat ons slapen.'

'Ik wil het van jou!' De carrièrevrouw omhelst de acteur.

'Mannen genoeg,' zegt de acteur. 'Vraag de presentator. Laten we het voor eens en voor altijd oplossen.'

'Een kind moet uit liefde worden geboren,' zegt het medium.

'Jij kan heus wel een kind bij haar verwekken,' betoogt de blonde vrouw tegen de presentator. 'Dan zijn we ervanaf.'

'Ja,' zegt de carrièrevrouw blij, 'dan kom ik een keer bij je in de uitzending.'

'Poe poe, en daar moet ik blij mee zijn? Ik geef je geen kind, ik haat kinderen, als ik ze zo leuk vond, had ik allang een kinderprogramma. Ik heb aanbiedingen genoeg gehad, geloof me.' En hij verdwijnt weer in zijn kuil.

Het medium schudt haar hoofd. 'Hoe kan je een onschuldig kind nou haten? Je bent zelf toch ook een kind geweest.'

'Gaat het nu alweer over die ellendige kinderen,' zegt de projectontwikkelaar die nu pas wakker is geworden.

'Hoezo "ellendige kinderen"?' vraagt de generaal terwijl hij zijn handen boven het vuur warmt. 'En je wilt hier wel gezinnen met kinderen heen lokken met je hotel. Alleen maar om aan ze te verdienen.'

'Over een hotel hoeven we het niet meer te hebben, want dat gaat helemaal niet door. Ik laat hier een World Trade Center verrijzen.'

'Nou dat weer,' lacht de generaal minachtend.

'Zo'n soort vader zou ik je beslist niet aanbevelen,' oreert de blonde vrouw. 'Die man is veel te wispelturig.'

'Labiel, zou ik eerder zeggen,' mompelt het medium.

De projectontwikkelaar gaat terug naar zijn slaapplek. Snel daarna horen ze hem snurken.

'Wat denk je van de schrijver,' roept de blonde vrouw geheel onverwacht.

Alle hoofden draaien zijn kant op. Ze zal toch wel zo discreet zijn haar mond te houden, denkt hij.

'Nee, die is onvruchtbaar!' schalt de stem van de carrièrevrouw over het eiland. 'En de generaal krijgt hem niet meer omhoog.'

'Welnu, meneer de acteur, dan zal jij toch aan de bak moeten,' zegt de blonde vrouw.

'Geen sprake van,' zegt de acteur.

'Wat zijn jullie nou voor kerels,' zegt de blonde vrouw. 'Willen jullie dan elke nacht dat gekerm om die eierstokken?'

De carrièrevrouw valt Johan in paniek om de hals. 'Jij bent mijn laatste hoop. Ik smeek je, schenk mij een kind. Ik laat je niet met rust voor ik zwanger ben.'

'Mijn zaad is dood,' herhaalt hij.

'Doe daar dan wat aan!' De blonde vrouw lijkt echt ten einde raad als ze dit zegt.

*

Johan kijkt naar de barricade van takken die de ingang naar zijn grot verspert. Het is onmogelijk erdoorheen te komen, zelfs voor de wanhopige carrièrevrouw.

Nachten achter elkaar belaagt ze hem al. Ze overvalt hem

gewoon in zijn slaap. Het is al een aantal keren gebeurd dat hij wakker schrikt en zij boven op hem zit en hem smeekt om een kind. Tot nu toe is het hem steeds gelukt haar te verjagen. Hij piekert er niet over met haar de liefde te bedrijven. Als hij haar ook maar de minste hoop geeft, komt er nooit een eind aan deze hysterie.

Overdag heeft Johan ook al geen seconde rust. Naast de taken voor de generaal wordt hij door de presentator in de uitzending verwacht of moet hij naar de voorstelling van de acteur. Alsof dat allemaal nog niet genoeg is, doet nu ook de projectontwikkelaar een beroep op hem om te helpen met meten.

Het was een hele klus om al die takken bij elkaar te zoeken, maar nu kan hij zich tenminste verheugen op een rustige nacht.

Buiten hoort hij de generaal heen en weer lopen. Hij bereidt zich voor op de komende dag. Hij heeft al kenbaar gemaakt zich met hand en tand te verzetten tegen het rooien van bomen ten behoeve van de aanleg van het w t c. De projectontwikkelaar kan erop rekenen dat hij persoonlijk voor elke boom zal gaan staan. Intussen is het volstrekt duidelijk geworden dat de projectontwikkelaar zich niets van de dreigende woorden van de generaal aantrekt.

Het medium heeft voorspeld dat er binnenkort twee kampen zullen zijn. Daar denkt Johan nog maar liever niet aan. Hij doet zijn ogen dicht en probeert te slapen.

Hij is bijna ingedommeld als hij opschrikt van gevloek. De carrièrevrouw! Hij zit direct rechtop.

'Gluiperd!' fluistert ze, maar hij reageert er niet op. Hij heeft al eerder geprobeerd met haar te praten, maar er komt geen redelijk woord uit.

'Ik wil dat je onmiddellijk vertrekt!' zegt hij op dwingende toon.

Als hij haar met driftige stappen hoort vertrekken, is hij tevreden over zichzelf. Daarna moet hij in slaap zijn gevallen, plotseling wordt hij wakker van geknetter en dringt er rook in zijn neus.

De vrouw heeft zijn barricade in de fik gestoken. Hij springt op, trapt de brandende takken opzij en rent hoestend naar buiten. Maar dan wordt hij vastgepakt en op de grond gesmeten. Voordat hij er erg in heeft, ligt ze boven op hem. Ze rollen vechtend over de grond.

'Wat krijgen we nu!' De generaal trekt haar van hem af en houdt haar stevig vast. Ze schopt en slaat om zich heen.

'Brand, brand!' schreeuwt het medium dat aan komt rennen. Terwijl de generaal de carrièrevrouw in bedwang houdt, slaat zij het vuur met doeken uit.

De generaal tilt de carrièrevrouw op en draagt haar naar de zee. Ze verzet zich hevig als hij haar een paar maal onderdompelt.

Als Johan in zijn grot ligt, lijkt de rust eindelijk weergekeerd. Maar voor hoelang? De buitenzinnige vrouw laat het er vast niet bij zitten. Bijna was hij levend verbrand! Wat staat hem nog meer te wachten? Hij durft niet meer te gaan slapen. Hij ligt maar te piekeren hoe hij zich tegen haar aanvallen kan beschermen. Tegen de ochtend moet hij van vermoeidheid toch in slaap zijn gevallen. Als hij wakker wordt is het licht. Zijn haar, zijn hele lichaam stinkt naar rook. Hij besluit een duik in de zee te nemen als hij buiten de stem van de generaal hoort schreeuwen. 'Over mijn lijk!' Dat moet tegen de projectontwikkelaar zijn. Hij steekt zijn slaperige hoofd uit de grot.

73

Voor de doorgang ziet hij een beschreven vel papier liggen. *'Jij hebt de moeder in mij vermoord!'* Wat is dit nu weer? Hij raakt geïrriteerd, al beseft hij tegelijk dat het ook een afscheidsbrief kan zijn. Hij rent naar de generaal, die op het punt staat met de projectontwikkelaar op de vuist te gaan.

'Wacht,' zegt hij en hij laat het papier aan de generaal zien. 'Ik vrees dat ze een eind aan haar leven heeft gemaakt.'

'Dat zou makkelijk zijn,' zegt de generaal. 'Dan zijn we van ons probleem af.'

'We zullen haar wel moeten zoeken,' zegt de projectontwikkelaar.

'Ik zie niet in waarom,' zegt de generaal. 'Van een lijk heb je geen last.'

'Wat denk je dat er gebeurt in deze hitte,' zegt de projectontwikkelaar. 'Moeten we hier soms ziek worden van de stank?'

'Laten we eerst maar eens kijken of ze echt dood is.' De generaal roept iedereen bij zich. Als de carrièrevrouw zich niet meldt, geeft hij opdracht haar te gaan zoeken. Johan begint tussen de struiken te zoeken tot hij de blonde vrouw met de shawl van de carrièrevrouw ziet zwaaien.

'Waar ligt ze?' vraagt de generaal en de blonde vrouw wijst naar een rots. Hij denkt eerst nog dat ze door de shock niet kan praten, maar dan ziet hij het rode lint in haar haar. 'Is ze dood?' vraagt hij. De blonde vrouw knikt en het medium slaat een kruis.

'We jonassen haar gewoon de zee in,' zegt de generaal.

'Maar stel je voor dat ze weer aanspoelt,' zegt de acteur griezelend. 'Stop haar liever onder de grond, dan weten we zeker dat we van haar af zijn.'

'Geweldig!' juicht de presentator. 'Een vrouw die van verdriet is gestorven, dat is toch een perfect item, het kan een prachtig programma worden. Ik ga direct live de lucht in.' Hij likt aan zijn wijsvinger, houdt hem in de lucht en kondigt het kersverse programma aan.

'Er zal een graf gegraven moeten worden,' zegt de generaal terwijl de presentator zijn kijkers op de hoogte stelt.

De blonde vrouw schudt haar hoofd en wijst op haar nagels.

'Dat hoef jij ook niet te doen,' stelt de generaal haar gerust. 'Daar hebben we onze sterke man voor. Nietwaar, Johanna? Jij hebt je hele leven alleen maar achter je bureau gezeten, nu gaan de handen eindelijk uit de mouwen.'

'Sttt...' sist de generaal als de presentator iets wil gaan zeggen en kijkt dan met een gewichtig gezicht om zich heen. 'Tja, waar zullen we haar begraven?' En hij duidt op een plek een eindje van hen af.

'Je maakt je kerkhof maar ergens anders!' De projectontwikkelaar gaat met een agressieve kop op de aangewezen plek staan.

'Ken jij niet een mooie grafrede uit je hoofd?' vraagt het medium aan de acteur. 'Jazeker, ik kan voor deze ene keer een uitzondering maken en een fragment kiezen uit de toneelbewerking van *Het dagboek van een gek* van Gogol. Dat is uitermate geschikt als grafrede bij de dramatische dood van onze lieve vriendin, die door zielensmart overmand het leven heeft gelaten.'

De acteur staat al bij het graf. 'Generaal, u moet het teken geven dat ik mag beginnen.'

'Laten we eerst het stoffelijk overschot hierheen slepen,' zegt de generaal. 'Dames en heren,' spreekt de presentator zijn kijkers toe. 'We lopen nu naar de plek waar het levenloze

Is ze dood?

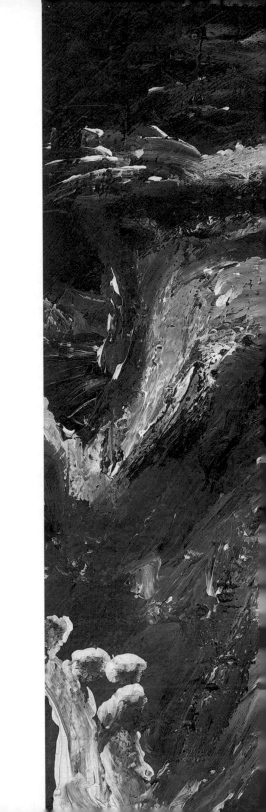

lichaam van deze tragisch om het leven gekomen carrière-vrouw is gevonden.'

De generaal gebaart dat Johan het linkerbeen moet oppakken. Zelf neemt hij het rechterbeen. De blonde vrouw en het medium tillen ieder een arm op.

'Haal het stoffelijk overschot onmiddellijk van mijn grond!' schreeuwt de projectontwikkelaar als ze het lichaam op de plek leggen. Maar de generaal geeft geen instructie het levenloze lichaam te verplaatsen, en de projectontwikkelaar komt dreigend aanlopen. Hij vloekt uit de grond van zijn hart, pauzeert even en dan haalt hij uit en trapt tegen het dode lichaam.

De carrièrevrouw schiet overeind en grijpt pijnlijk getroffen naar haar buik. 'De weeën zijn begonnen!'

★

Nog voordat de dagelijkse ochtendbrul van de generaal over het eiland klinkt is Johan al wakker. Hij komt langzaam overeind en wrijft kreunend over zijn pijnlijke rug. Zijn botten! Hij kruipt de grot uit. De tak met zijn witte hemd eraan die hij tegen de wand heeft aangezet, is omgevallen. Hij raapt hem op en zet hem overeind. Je kan nooit weten, sinds hij hier is heeft hij nog geen vliegtuig of boot gezien, maar mocht het gebeuren, dan kan de witte 'vlag' hun redding betekenen. Hij blijft zich erover verbazen dat geen van de anderen iets onderneemt om weg te komen. Hij kan niet geloven dat ze zich erbij zouden hebben neergelegd hier de rest van hun leven te slijten. Elke nieuwe dag beginnen ze met een

78

onnatuurlijke vanzelfsprekendheid.

Gisteravond durfde hij eindelijk te vragen hoe de anderen op het eiland terecht zijn gekomen, maar er werd nadrukkelijk niet op gereageerd. Later riep de generaal Johan bij zich en zei dat het niet bepaald van intelligentie getuigde een dergelijke vraag te stellen. Een verdere toelichting op deze uitspraak bleef echter achterwege.

Johan loopt naar het water om zich te wassen als de carrièrevrouw aan komt lopen, met in haar armen een lappenpop. Wat ze gisteravond ook probeerden, ze was niet meer te handhaven geweest. Zonder ophouden had ze gejammerd en geschreeuwd, totdat het medium van een van haar rokken een lappenpop maakte. Toen ze die eenmaal in haar armen hield, fonkelden haar ogen en was ze op slag rustig en ogenschijnlijk ook tevreden.

'Bent u hier bekend?' vraagt ze terwijl ze de pop tegen zich aan drukt. 'Ik ben op zoek naar een crèche.'

Johan weet zich geen raad met de situatie en wenkt de projectontwikkelaar. 'Ze zoekt een crèche.'

'Nog even geduld! Ik schat dat we nog een jaar nodig hebben voordat het wtc klaar is, met crèche en al.'

'Ik heb nu oppas voor mijn kind nodig,' zegt de carrièrevrouw.

De projectontwikkelaar tikt op zijn voorhoofd en keert zich af. Johan kan het niet over zijn hart verkrijgen haar zo te laten staan.

'Mijn zwangerschapsverlof is ten einde, ik moet weer aan het werk. Als alleenstaande moeder kan ik me niet permitteren ontslagen te worden.' Ze pakt zijn arm vast. 'Alstublieft, u moet me helpen.'

Hij weet best dat haar ellende niet zijn schuld is, maar toch voelt hij zich verantwoordelijk voor haar toestand. Als hij niet onvruchtbaar zou zijn geweest, was alles vast en zeker anders gelopen.

'Zeg maar wat ik voor je kan doen.' Hij kijkt in haar verwilderde ogen.

'Je moet op mijn kind passen.' En zonder op antwoord te wachten, duwt ze de lappenpop in zijn armen. 'Mama komt je na het werk weer ophalen.' Ze geeft de pop een kus en gaat ervandoor.

De generaal is stomverbaasd als hij Johan met de pop ziet staan.

'De carrièrevrouw heeft me gevraagd op te passen.' Hij voelt dat hij kleurt.

'Johanna! Smijt die stinkpop in je grot en snel een beetje!'

Vanuit een vreemde gehoorzaamheid volgt Johan het bevel op.

Als de generaal vervolgens de projectontwikkelaar berispend toespreekt, zoekt deze steun bij de acteur. Het lijkt erop dat de eerst zo vanzelfsprekende autoriteit van de generaal geleidelijk wordt aangetast.

Johan vreest dat het medium gelijk krijgt en dat de groep in twee kampen uiteen zal vallen. Voor wie moet hij dan kiezen? Angstig kijkt hij naar de generaal die hem treurig, maar ook woedend aankijkt, en snauwt: 'Waar blijft het ontbijt?'

'Het ontbijt is niet mijn taak, ik ben verantwoordelijk voor de lunch,' zegt Johan.

'Ik hoop voor je dat je gelijk hebt.' De generaal rolt een vel papier uit en controleert de dagagenda. Het blijkt dat de blonde vrouw zich aan haar verplichtingen probeert te onttrekken. Vanuit zijn rol van autoritair leider spreekt de generaal haar vervolgens toe, maar opnieuw blijkt dat er niet meer naar hem wordt geluisterd.

Johan is de enige die deze gedragsverandering registreert. Dit loopt uit de hand, denkt hij. Ik moet ze afleiden, maar hoe? En ineens herinnert hij zich zijn boek en hij rent naar zijn grot.

Bij terugkomst staan de blonde vrouw en de generaal als twee kemphanen tegenover elkaar. 'Ik laat mijn gezag niet ondermijnen!' De generaal zet dreigend een stap naar voren.

Op het moment dat de blonde vrouw haar nagels in het gezicht van de generaal zet, begint Johan te lezen. Luid, alsof hij zonder microfoon een zaal vol publiek moet bereiken. Hij kiest het hoofdstuk, waarbij het altijd doodstil wordt, niemand ook maar een voet verschuift en er zelfs geen kuchje te horen is. Het verrast hem zelfs nu hoe goed de passage in elkaar zit. Hoewel hij de scène zelf geschreven heeft en zeker een paar honderd keer heeft voorgelezen, gaat hij er toch opnieuw helemaal in op. Met plechtige stem leest hij de laatste zinnen van het hoofdstuk en dan is hij klaar om het applaus in ontvangst te nemen, om de gezichten waar de bewondering van afstraalt te aanschouwen.

Voor het eerst in zijn schrijversloopbaan voelt hij zich volslagen voor gek staan. Zijn publiek is er gewoon vandoor gegaan! Niets stelt hij voor, op dit eiland.

De projectontwikkelaar en de presentator staan te sjorren aan een van de bomen. De acteur is bezig hardop zijn tekst te oefenen en de blonde vrouw werkt haar make-up bij. Met een gevoel van verbijstering slaat Johan het tafereel gade.

Bij het water zit de generaal, met zijn rug naar hem toe. Dichterbij gekomen ziet hij het opengekrabde gezicht. De blonde vrouw heeft hem lelijk geraakt. Terwijl het bloed langs zijn kin loopt, staart de generaal zwijgend voor zich uit. Johan gaat naast hem zitten, zwijgt en tuurt eveneens over het water.

Ze moeten daar heel wat uren hebben gezeten, als ineens de acteur voor hen staat. 'Het is tijd voor de voorstelling, generaal, ik wacht op uw teken dat ik moet beginnen.'

Als er geen enkele reactie van de generaal komt, keert de acteur op zijn schreden terug. Een paar minuten later klinkt zijn stem uit het theater.

Naast zich hoort Johan de generaal snikken. Hij slaat een arm om hem heen. Ze staan niet op om de voorstelling bij te wonen.

Het stemgeluid van de acteur is allang vervlogen als de generaal eindelijk overeind komt. Orders geeft hij niet, zonder iets te zeggen begint hij langs de vloedlijn te lopen.

Johan zou de blonde vrouw kunnen helpen met het voorbereiden van de maaltijd, op de acteur kunnen afstappen om zijn excuus te maken dat hij dit keer de voorstelling niet heeft bijgewoond, of hij zou de projectontwikkelaar en de presentator die nog steeds zonder resultaat aan de boom sjorren, kunnen assisteren, maar hij staat op, versnelt zijn pas en gaat de generaal achterna.

De hemel is strakblauw. De zon schijnt glinsterend in het water, dat verder bij de kust vandaan steeds donkerder wordt. Ze komen langs een groep strandlopertjes die pikken in het zand. Maar noch de generaal, noch Johan ziet iets. Ze lopen in gedachten verzonken langs het water. Johan vindt het lastig, maar hij durft ook niets te vragen. Hij vond het makkelijker toen de generaal commando's gaf en hem zo nu en dan uitfoeterde. Nu voelt hij zijn kwetsbaarheid, en dat is zo niet ondraaglijk, dan toch heel ongemakkelijk. Tegelijkertijd prikkelt deze nieuwe situatie Johan en hij blijft naast de generaal lopen. Zeevogels spelen boven het water en er zijn vliegende vissen, maar beiden hebben de blik naar beneden gericht.

Als ze een tijdje hebben gelopen wordt het zandstrand onderbroken door een rotspartij. Terwijl ze verder gaan over de stenen wordt er nog steeds gezwegen. Een aantal meters moeten ze waden door het lauwe water.

'Moeten we niet eens terug,' onderbreekt Johan de stilte. 'Ze zullen niet weten waar we blijven, misschien maken ze zich wel ongerust.'

'Als jij terug wilt, dan moet je maar gaan, maar voor mij is er geen weg terug.'

'Hoe bedoelt u?'

'De generaal bestaat niet meer.' Hij blijft staan en gaat op een rotsblok zitten.

'Waarom dat?'

'Omdat het geen zin heeft,' zegt de generaal terwijl hij met zijn voeten door het water gaat. 'Ik dacht dat mijn autoriteit mij geluk zou brengen, maar het tegendeel is waar.' Johan leest de angst in zijn ogen.

De generaal kucht. 'Ik heb al die jaren mensen gecommandeerd, opgejaagd om ze tot topprestaties te brengen, maar nu weet ik dat ze er niets aan hebben gehad. Vandaag is het me ineens heel duidelijk geworden. Ik verbood de projectontwikkelaar de bomen te rooien, ik droeg de presentator op met de uitzending te beginnen. Ze luisterden niet naar me. Toen droeg ik de blonde vrouw op haar bed uit te komen, terwijl ze niet in staat was de dag te beginnen.'

'En als u zich nou eens wat minder dwingend opstelt?' oppert Johan. Hij smeekt het bijna. Hij weet zelf niet waarom, maar de beslissing van de generaal maakt hem bang.

'De generaal bestaat niet meer, alleen Egbert is er nog.'

'Is dat niet beangstigend?'

Egbert knikt. 'Het is heel eng, maar ik kan mezelf niet langer voor de gek houden. Achteraf zie ik dat er zoveel tekenen zijn geweest die ik allemaal heb genegeerd, maar nu gaat het niet meer, ik kan me niet meer verschuilen.'

Waarom is hij met die man meegelopen? Hij had bij de anderen moeten blijven en hem alleen moeten laten gaan.

'Ik ga terug,' zegt Johan beslist. Waarom zou hij het zichzelf nog moeilijker maken dan het al is? Bovendien moet hij in de buurt van zijn vlag blijven. Stel je voor dat er een vliegtuig over komt en hij is er niet om te zwaaien, wie moet dan de aandacht van de piloot trekken?

Johan kijkt naar Egbert, die als een bange vogel in elkaar gedoken op het rotsblok zit. Het is vast een opwelling, morgen of misschien zelfs al vanmiddag denkt hij er weer anders over en klinkt zijn gebrul als vanouds over het eiland.

Hij wil weglopen maar probeert zijn angst te overwinnen en kijkt opnieuw vol aandacht naar de generaal. Plotseling wordt het ook hem duidelijk: de generaal is er niet meer.

Johan vraagt zich af waarom deze opmerkelijke verandering hem zo angstig maakt. In plaats van terug te keren naar de anderen, blijft hij bij Egbert. Hij raapt een schelp op en speelt er nerveus mee in zijn handen. Het blijft geruime tijd stil en dan weet hij het opeens. Hij heeft zich voor 'Johanna' laten uitmaken. Hij heeft al die tijd de orders van de generaal uitgevoerd zonder er tegenin te gaan. De projectontwikkelaar geholpen met meten, zeewier gezocht voor het gelaat van de blonde vrouw, zelfs beloofd op een lappenpop te passen. Heeft hij niet zijn hele leven al gedaan wat anderen van hem vroegen?

Hij moet denken aan het voorval op school. Zijn klasgenoot Don koos uit wie er die middag mee mocht om te gaan zwemmen in het kanaal. Hij lette al niet eens meer op, hij zat er toch nooit bij. Hij kon het bijna niet geloven toen Don zijn naam noemde. Don wilde dat ze in hun onderbroek het kanaal in zouden duiken. Het was verboden daar te zwemmen, maar zij lieten zich niet afschrikken door een verordening van de gemeente. Don nam als altijd de regie. De zes gekozen jongens moesten op de kant gaan staan en zodra Don het sein gaf, duiken. Johan was zo trots dat hij er eindelijk bij hoorde dat hij niet eens nadacht over het vervuilde water. Vol spanning nam hij zijn plek tussen de jongens in. Een, twee... bij drie dook hij het water in. Pas toen hij bovenkwam, merkte hij dat hij de enige was die daadwerkelijk gedoken had. Hij zag hoe ze hun kleren aantrokken en nog voordat hij zich op de kant kon hijsen, waren ze al weggefietst.

Jong was hij nog – zeker – maar hetzelfde patroon heeft zich zijn hele leven doorgezet. Vanaf het moment dat hij een succesvol schrijver was geworden, is hij zijn lezers maar blijven plezieren met zijn verhalen, ook al beleefde hij er zelf geen enkele lol meer aan.

'Misschien doe ik wel hetzelfde,' zegt hij.

'Hoe bedoel je?'

'Nou, zoals jij je autoriteit als generaal niet los kunt laten, zo hou ik me vast aan mijn succes als schrijver.'

Egbert knikt.

Johan kan er niet meer omheen: hij heeft inderdaad alles gedaan om zijn lezers te behagen. Zijn carrière is prachtig, maar zijn inspiratie is niet voor niets verdwenen. Hij voelt een brok in zijn keel om wat voorbij is, maar wat moet komen kan hij niet tegenhouden, ook al doet het pijn.

Egbert staat op en samen lopen ze verder langs het water. De krabbetjes in het zand, die door de golven terug in zee worden gespoeld, ziet hij nu wel. Ze lopen langs bomen en snuiven de zoete geur op van de struiken die volop in bloei staan. Ze blijven staan en kijken hoe een prachtig gekleurd vogeltje in haar vlucht insecten vangt. Voor het eerst sinds hij op het eiland is aangekomen, voelt hij zich met iemand verbonden.

Als ze aan de andere kant van het eiland zijn aangekomen, blijft Johan plotseling staan. Bij het klif ligt een boot. De schipper op het dek zwaait naar hen.

'U bent zeker net aangekomen,' zegt Johan. 'Een paar dagen geleden liep ik hier ook en toen lag uw boot er nog niet.'

'Ik lig hier al maanden,' zegt de schipper. 'Ik vaar mijn halve leven al heen en weer om mensen van het eiland naar het vasteland te brengen.'

'Dit is onze kans om weg te komen!'

De schipper steekt zijn hand uit zodat ze kunnen instappen. 'We kunnen niet zomaar definitief vertrekken,' zegt Johan.

'Jullie bagage?'

'Ja, en we moeten de anderen halen.'

De schipper lacht. 'Je mag het best proberen.'

'U komt als uit de hemel gevallen.'

'Dat zeggen ze allemaal.' De schipper start de motor. 'Maar ik lig hier altijd.'

'Dus u brengt mensen naar het eiland en dan pikt u ze weer

op?' Eindelijk zal hij antwoord krijgen op de vraag hoe de anderen hier zijn terechtgekomen.

'Nee, ik breng niemand. Ik haal alleen op.'

'Hoe komen de mensen hier dan?'

De schipper haalt zijn schouders op. 'Daar ga ik niet over.' Hij vaart om het eiland heen en legt aan op hun vertrouwde plek.

'U vaart niet weg, hè?' zegt Johan als hij uit de boot stapt.

Terwijl Egbert in de boot blijft zitten, rent Johan naar de grot, pakt zijn boek, legt de lappenpop in zijn wieg en rent naar de acteur.

'Kom mee, we kunnen hier weg! Waar is de blonde vrouw?'

'Hoe vind je mijn decor?' vraagt de acteur.

'Dat is nu niet belangrijk, luister naar me. We kunnen weg van het eiland. Hoor je me?'

'Kijk eens,' zegt de blonde vrouw blij. Ze houdt houtskool in de lucht. 'Hiermee kan ik mijn wenkbrauwen zwart maken.'

'Straks heb je meer dan genoeg make-up,' zegt hij, wijzend naar de boot. De acteur en de blonde vrouw kijken waar hij wijst, maar hij heeft het idee dat ze niets zien. Aarzelend richt hij zich tot de projectontwikkelaar en de presentator, die nog steeds met de boom bezig zijn.

'We kunnen weg!' En hij wijst weer, maar ook zij zien de boot niet en het medium neemt niet eens de moeite om op te kijken. De schipper laat de scheepstoeter gaan, maar geen van hen lijkt het te horen.

'Daar!' probeert hij weer en hij trekt de blonde vrouw mee.

'Ja!' roept de blonde vrouw. 'Dat fijne zand, dat heb ik nodig om te scrubben.' Vlak voor de boot raapt ze er wat van op.

Weer toetert de schipper. Johan begrijpt dat hij niet van

plan is langer te wachten. 'Ik moet nu gaan.' Ondanks alles valt het hem zwaar deze mensen achter te laten.

Terwijl hij instapt, kijkt hij naar ze. De acteur is bezig met zijn decor, de blonde vrouw begint zich te scrubben en de presentator breekt takken van de boom om hem lichter te maken.

★

Ze varen al minstens een uur. De schipper heeft nog steeds geen woord gesproken. Egbert staat op en tuurt met een bezorgd gezicht in het niets. Johan ziet alleen maar water en lucht. De schipper zal toch wel weten wat hij doet? stelt hij zichzelf gerust. Hij vaart immers al zijn hele leven van het eiland naar het vasteland en terug.

Egbert trommelt onrustig met zijn vingers op de reling. 'Schipper, wat is de naam van dit water?'

De schipper lacht. 'Geen idee.'

'Maar het moet toch een naam hebben,' reageert Egbert geïrriteerd.

'Als u wilt dat het een naam heeft, dan geeft u het een naam,' antwoordt de schipper luchtig terwijl hij door de golven laveert.

'Vertel ons dan op z'n minst waar je heen vaart,' zegt Egbert.

'Ik vaar met de stroom mee,' antwoordt de schipper.

Egbert zucht vermoeid. 'Man, je weet toch wel íéts? Zeg dan op welke breedtegraad we zitten.'

'Daar hou ik me niet mee bezig,' zegt de schipper.

88

Nu begint Johan ook aan de expeditie te twijfelen.

'Hoe lang gaat die tocht duren?' vraagt Egbert.

'Dat kan ik niet weten,' zegt de schipper. 'We weten nooit hoe lang iets duurt.'

Egbert ploft ziedend naast hem op de bank neer. 'Die vent is niet goed bij,' sist hij. 'We zijn zomaar in de boot van een halvegare gestapt. We hebben niets gevraagd, veel te naïef. Die gek weet niks, niet eens waar we heen gaan.'

'Rustig maar,' sust Johan, 'we kunnen nu toch niets.'

'Belachelijk,' zegt Egbert.

'De schipper ziet er wel uit alsof hij alles onder controle heeft.'

'Vind je dat? Volgens mij is die vent stapelgek!'

'Stt... laat de schipper je maar niet horen. We zijn aan hem overgeleverd.'

'Overgeleverd? Dat nooit!' vliegt Egbert op. 'Ik lever me aan niemand over. Ik heb altijd mijn eigen koers gevaren.'

Johan kijkt beschaamd naar de schipper, die echter zonder een spier te vertrekken doorvaart.

'Ik zie het al, aan jou heb ik niks, Johanna. Ik weet het wel, jij hebt je je hele leven verstopt achter je bureau. Je hebt er niet voor niets voor gekozen schrijver te worden. Een beetje wegkruipen in een of ander verhaal, dat niets met leven te maken heeft. Terwijl jij in je fantasie leefde, heb ik een zeer bewogen leven gehad. Vraag me niet wat ik allemaal heb meegemaakt, ik had tientallen boeken kunnen schrijven, maar daar ga ik mijn leven niet aan verspillen. Wat jij doet is allemaal gebakken lucht. Nou zie je waar het toe leidt, als ik er niet zou zijn, zou jij je zomaar uitleveren aan een complete gek.'

'Ga staan!' brult de generaal opeens. Hij trekt Johan omhoog aan zijn haar en draait zijn hoofd van links naar rechts.

*Ze varen al minstens
een uur.*

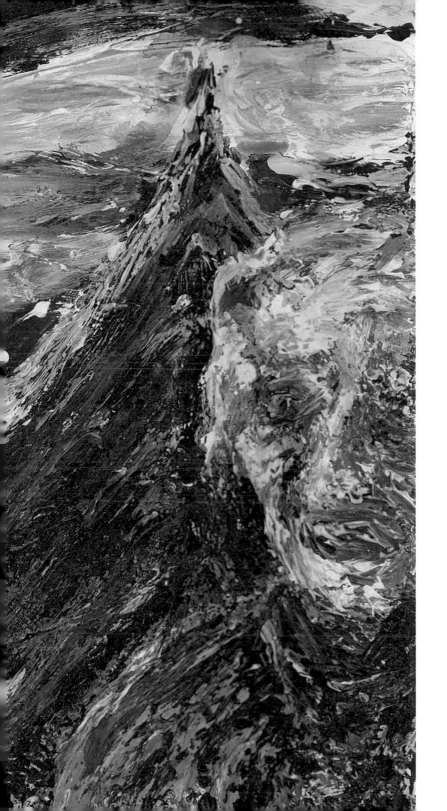

'Kijk om je heen. Wat zie je?'

'Eh, water en lucht.'

'Jij ziet niks! Helemaal niks. We varen hier met een gek aan het roer. Dus wat doe je? Je luistert vanaf nu naar mij.' De generaal laat zijn hoofd los.

Terwijl Johan beduusd weer gaat zitten, tuurt de generaal over de watervlakte.

De generaal zit alweer geruime tijd naast Johan, op de veel te smalle scheepsbank. Er wordt geen woord meer gesproken, maar de spanning groeit met iedere ademhaling.

'Ik zie land!'

'Waar?'

'Daar, links, land.'

'Is dat land?'

Binnen een seconde staat de generaal naast de schipper. 'Land in zicht!'

'Zie je nou land of niet!' brult hij als de schipper doorvaart.

'Als u land ziet, dan is er voor u land,' zegt de schipper laconiek.

'Man, ik word stapelgek van jou! Vaar bakboord, dit is een bevel!' Maar de schipper trekt zich niets van bevelen aan.

'Je doet wat ik zeg! Bakboord! Nu!' schalt het over het water.

Johan tuurt, maar hij ziet nergens land.

'Ah, ik heb je door!' zegt de generaal tegen de schipper. 'Jij wilt mij eronder krijgen, maar dat zal niet gebeuren. Niemand leest mij de les, begrepen? Nou, wat heb je hierop te zeggen?'

'Ik verzoek u vriendelijk te gaan zitten,' zegt de schipper kalm.

'Jij durft wel, hè? Mij commanderen zeker. Mij dwingen te

gaan zitten. Dacht je soms dat ik de rest van mijn leven naar jou ga luisteren. We zullen zien wie hier de baas is. Johanna!' schreeuwt hij. 'We blijven geen seconde langer op de boot van die gek. Kan jij zwemmen?'

'Ja.'

'Dan springen we nu overboord en zwemmen we naar de kust.'

Johan betwijfelt of er wel land is.

'Klim op de reling!' commandeert de generaal. 'Straks wordt het donker. Geloof je nou echt dat je in deze schuit met die gek aan het roer ooit ergens aan land komt?'

'Ik vind het veel te gevaarlijk, misschien zitten er wel haaien.'

'Niemand schrijft mij de wet voor!' De generaal springt overboord.

'Kom terug!' roept Johan naar de generaal, die met krachtige slagen wegzwemt.

In paniek richt hij zich tot de schipper: 'Haal hem eruit! Hij verdrinkt!'

'Hij moet zijn eigen weg gaan,' zegt de schipper en hij vaart verder.

De figuur van de generaal wordt steeds kleiner. Is hij geen lafaard, had hij niet met hem mee moeten gaan? Op z'n minst had hij hem kunnen tegenhouden. Eerst laat hij de vijf op het eiland barsten en nu laat hij de generaal zo gaan! Wat is hij voor mens! Johan zakt neer op de bank en slaat zijn handen voor zijn gezicht.

Het monotone geluid van de scheepsmotor en het aanhoudende zwijgen van de schipper maken Johan na verloop van tijd toch weer wat rustiger. Zonder iets te zien tuurt hij over het wateroppervlak.

Van de generaal is al heel lang geen spoor meer te zien als Johan opschrikt van het gekrijs van meeuwen. De hele tocht heeft hij nog geen meeuw gezien en nu komen ze in groepen aanvliegen, het zijn er steeds meer. Ze scheren over de boot. Zou dat betekenen dat er nu echt land in de buurt is? Hij gaat staan en kijkt onderzoekend over het water. Het is vermoedelijk nog geen tien minuten later als hij in de verte land ziet opdoemen. Hij vergist zich niet, hoe dichter ze erbij komen, des te duidelijker het wordt. Hij ziet huizen, ze varen op een stad aan, hij is gered! Als de generaal meer geduld had gehad, waren ze samen aan land gegaan.

3

Ze naderen de kust. Het duurt niet lang meer of Johan kan van boord gaan. Hij is van plan direct het vliegtuig te nemen. Misschien heeft hij geluk en is hij morgen of overmorgen thuis. De kades en de pier staan vol mensen. Ze zwaaien met rode vlaggetjes. Hij kijkt om zich heen, maar er is verder nergens een boot te bekennen. Terwijl ze de haven binnenvaren werpen vrouwen kushandjes en ze gooien bloemen. Het regent bloemen en ze juichen. Nu begrijpt hij het pas, het welkom is voor hem bedoeld!

Honderden mensen staan hem op te wachten, in het zwart gekleed en met rode ogen. Ze verdringen elkaar achter dranghekken. Er hangt een vreemde, onprettige en penetrante geur, die hem doet denken aan zijn jeugd, ook al kan hij hem niet helemaal thuisbrengen. De trossen worden uitgegooid en een paar mannen trekken de boot naar voren en maken hem vast. De bloemenregen blijft maar stromen. Johan is wel wat gewend, maar zo uitbundig is hij nog nooit onthaald.

Beduusd door de verwelkoming blijft hij staan aan dek. Hij denkt aan het laatste gesprek met de generaal op het eiland. Hij voelt weer hoe geweldig het is om zo bejubeld te worden. Het ontroert hem en hij voelt zijn bloed stromen. Hij leeft weer!

Twee sterke mannen, ook met rode ogen, stappen de boot op en tillen hem op hun schouders. Johan weet niet wat hem

*De kades en de pier staan
vol mensen.*

overkomt. Ze moeten zijn aankomst lang van tevoren hebben voorbereid. De route waarlangs ze hem dragen is afgezet. In het voorbijgaan proberen mensen hem aan te raken en sommige vrouwen lonken naar hem. Hij is zo overdonderd dat hij zich niet eens afvraagt waar ze hem heen voeren. Ordebewakers proberen de euforische menigte in bedwang te houden. Hij wuift, hij die nog nooit naar mensen heeft gewuifd. Hij ziet een rode substantie door de goten stromen en dan weet hij opeens waar de geur vandaan komt. Het is de geur van bloed, die hij vroeger rook als de slager om de hoek bloedworst maakte.

Na een lange feestelijke tocht komen ze op een plein waar links en rechts vervallen huizen staan. Sommige worden door palen gestut.

Voor hem staat een weelderig kasteel met een slotgracht. De rijkdom die ervan afstraalt, steekt af bij de armoede van de omringende huizen.

Johan wordt door zijn dragers naar het podium voor de ophaalbrug gebracht. Op het moment dat ze hem neerzetten en hij zich naar de menigte keert, barst er een daverend applaus los. Een van de wachters wijst hem een roodfluwelen zetel, waarop hij plaats moet nemen.

Hij kan nog steeds niet geloven dat deze ontvangst voor hem bedoeld is. Dat ze hem hier zo adoreren, alleen maar door zijn boeken! Hij vraagt zich af waar hij zich de laatste maanden zorgen om heeft gemaakt. Het publiek blijft maar juichen en klappen. Tranen van ontroering lopen over zijn wangen. Niemand vraagt iets van hem, ze vinden het blijkbaar al geweldig om naar hem te kijken. Het enige minpunt is die vreselijke, indringende stank, maar verder ervaart hij het allemaal als één groot feest.

Het begint al te schemeren. Stokers maken vuurtjes om het plein te verlichten.

Blijkbaar wordt er iets van hem verwacht en Johan gaat staan. Op slag wordt het doodstil. Hij haalt zijn boek al uit zijn binnenzak, maar voordat hij het kan openslaan, wijken de mensen naar achteren om een zwart paard door te laten. 'Leve de minister!' klinkt het uit duizenden kelen.

Ze knielen voor de oude man, die met een rood-zwarte cape op de rug van het paard zit, dat tot voor het podium loopt. Daar helpen een paar mannen de minister om af te stijgen en nemen het paard van hem over. Anderen ondersteunen de excellentie bij het beklimmen van het podium. Hij gaat naast Johan staan. De stilte wordt doorbroken als het volkslied gezongen wordt.

'Onderdanen,' begint de minister als het volkslied voorbij is. 'Na een lange periode van grote inzet en volharding is ons ministerie erin geslaagd ons aller uitverkorene hier te ontvangen.'

Er gaat een gejuich op. Johan straalt van trots.

'Het is mij dan ook een grote eer u hier welkom te mogen heten. U kunt uw bewonderaars, die hier in groten getale heen zijn gekomen, nu zelf aanschouwen.'

Weer gejuich. Er klinken een paar schoten en daarna hoort hij knallen van vuurpijlen.

'Het waarachtige vuurwerk laat nog drie dagen op zich wachten,' gaat de minister verder als het geknal voorbij is. 'Ik wil hierbij benadrukken dat de verwachtingen van de geplande festiviteit ongekend hoog zijn. Ik ben u zeer dankbaar dat u op onze uitnodiging bent ingegaan. Ik ga ervan uit dat u met de spelregels akkoord gaat. Zonder enige twijfel heeft u een uitputtende reis achter de rug. Ik realiseer me welke inspanning er de komende drie dagen van u wordt gevraagd. Aan mij de taak om u nu uw welverdiende rust te gunnen, zodat u zich kan prepareren op het grote gebeuren waar wij allen zo naar uitzien.'

Terwijl er geklapt en gejuicht wordt, helpen twee mannen de minister weer op zijn paard. Hij is allang uit het zicht verdwenen als Johan nog steeds op het podium staat. Zouden de mensen wachten tot hij uit zichzelf vertrekt? Maar waar moet hij heen? Hij durft zich niet tussen de menigte te begeven. Hij kijkt of hij iemand van de organisatie ziet die hem kan vertellen wat de bedoeling is. Maar voordat hij zijn vraag heeft kunnen stellen, wordt hij opnieuw opgetild. Onder luid geroep en getrappel van kindervoetjes wordt de ophaalbrug neergelaten en dragen ze hem door de poort van het kasteel naar de binnenplaats.

Als een vorst wordt Johan het kasteel binnengedragen. Dat hij dit mag beleven! En dat na zijn verblijf op het eiland, waar hij niets voorstelde. Daar was hij bijna vergeten dat hij een groot schrijver is.

Ze brengen hem naar een galerij waar het vol portretten hangt van mensen die hij niet kent. Naast het laatste portret is een lege plek. Er hangt een kaartje met zijn naam erop. Zou hij hier ook komen te hangen?

Dan wordt hij naar een immense marmeren badkamer gebracht. Uit een antiek geëmailleerd bad op poten stijgt stoom. Twee mannen met enkel een lendendoek om nemen Johan onder hun hoede. Hij moet voor hen gaan staan en dan beginnen ze hem uit te kleden. Hij weet niet precies wat ze van plan zijn, maar hij is nogal preuts. Hij voelt er niets voor om zich totaal ontkleed aan twee wildvreemde kerels te vertonen.

'Ik hoop niet dat ik u beledig,' zegt hij als hij in zijn onderbroek staat, 'maar ik ben erg op mijn privacy gesteld. Zou u me alleen willen laten?' Ze knikken glimlachend en met hun allervriendelijkste gezicht trekken ze zijn onderbroek uit. Hij houdt beschaamd zijn hand voor zijn piemel. Hij gebaart dat ze weg kunnen gaan, maar weer knikken ze vriendelijk, tillen hem op en laten hem heel voorzichtig in het warme water glijden. Er is geen ontkomen aan, denkt hij als ze hem met een spons beginnen te wassen. Hij geeft zich er maar aan over en gaat languit in het warme water liggen.

Af en toe voelen ze of het water nog warm genoeg is. Wanneer het te veel is afgekoeld, tillen de mannen hem eruit, drogen hem af, leggen hem op een tafel en masseren zijn lichaam met warme olie.

Johan blijft het ongemakkelijk vinden, twee mannen die aan hem zitten. Hij heeft de neiging om op te staan, maar hij zet zich over zijn ongemak heen en vindt het dan stiekem toch wel lekker. Er zal hier nog wel meer gebeuren wat ik niet ben gewend, denkt hij. Hij heeft geen idee in welk land hij is aangekomen, maar blijkbaar worden schrijvers hier zeer hoog geacht.

Nadat ze hem hebben geschoren, wordt zijn haar gedaan. Hier en daar wordt het wat bijgeknipt. Ze nemen hem werkelijk van top tot teen onder handen, zelfs zijn teennagels worden geknipt en gevijld.

Wanneer de verzorgers helemaal tevreden zijn, wordt hij in een kleurig gewaad gehesen en daarna gaan ze hem voor naar een grote ruimte met een beschilderd plafond. Bij binnenkomst valt zijn oog direct op het levensgrote portret van de minister, dat recht tegenover de deur hangt. Johan kijkt de salon rond. In een enorme gebeeldhouwde schouw brandt een vuur. Om de schouw heen staan antieke, opengewerkte eikenhouten meubelen. De muren zijn bedekt met tapijten.

Op de lange tafel midden in de ruimte staan schitterende kandelaars en op de vloer liggen Perzische tapijten. De salon is prachtig, maar toch voelt Johan zich niet op zijn gemak.

Na een tijdje komt er een vrouw binnen. Ze zet een karaf zware donkere wijn en een glas voor hem neer en kijkt hem vragend aan. Hij knikt dat ze mag inschenken, een wijntje kan hij wel gebruiken. Hij gaat met zijn glas voor de open haard zitten en neemt een slok. Zwaar, maar verrukkelijk. Zijn glas is bijna leeg als de vrouw opnieuw binnenkomt en de tafel voor hem dekt. Hij gaat aan tafel zitten en kijkt naar het geborduurde zijden tafellaken en het met de hand beschilderde bord met daarnaast het glimmende zilveren bestek. Gister kreeg hij zijn avondmaal nog op een bananenblad opgediend.

Aan de groenteschotel te zien kunnen ze hier heerlijk koken. De vrouw schenkt zijn glas bij en verdwijnt. Johan neemt een hap. De groenten smaken inderdaad heerlijk. Dan brengt de vrouw een grote schaal binnen, met daarop een zilveren cloche. Ze haalt de groenteschotel en zijn bord weg en legt nieuw bestek voor hem neer. Daarna tilt ze de cloche op. Aan haar gezicht te zien moet er wel iets heel speciaals tevoorschijn komen. Tot zijn afschuw herkent Johan in het braadstuk aan de snuit, de staart en de poten een hond. Vol afgrijzen ziet hij hoe de vrouw met een groot mes een stuk van de romp voor hem afsnijdt. Hij wordt misselijk als hij naar zijn bord kijkt, maar beseft dat hij de kok beter niet voor het hoofd kan stoten. Waarschijnlijk is dit voor de mensen hier een delicatesse. Hij schenkt zichzelf nog een glas wijn in en drinkt het achter elkaar leeg. Eigenlijk moet het ook niks uitmaken, denkt hij, als het hier nou de gewoonte is om hond te eten. Hij neemt nog een glas wijn en dan stopt hij een stuk vlees in zijn mond en slikt het zonder erbij na te denken door.

Door het openstaande raam kijkt hij naar buiten en ziet de wachters, die hun hand opsteken. Hij loopt door het kasteel en komt in een overweldigende ruimte met wandschilderingen. Helemaal achterin staat een hemelbed. De bloederige oorlogstaferelen op de wand zijn niet bepaald slaapverwekkend. Op het bed ligt een dikke blauwe sprei en de ijzeren, opengewerkte opstaande rand bij het hoofdeind is met goud afgezet. Nog steeds begrijpt Johan niet wat de bedoeling kan zijn van zijn luxeverblijf hier. Hij gaat terug naar de salon en warmt zich bij de open haard.

De vrouw komt binnen om af te ruimen en vraagt hem of hij nog een dessert wil, maar hij bedankt. Ze brengt hem koffie en overhandigt hem dan met een plechtig gezicht een sleutel. Johan is benieuwd welk vertrek er met deze sleutel moet worden geopend. De koffie is toch nog te heet om te drinken, dus loopt Johan de hal in, waar hij lukraak een deur probeert. Deze is niet op slot en hij stapt een kleedkamer binnen. Op een hanger hangt een indrukwekkend fluwelen kostuum met een witte geplooide kraag en een pofbroek. De bijbehorende schoenen, versierd met kleurige edelsteentjes, staan eronder. Dit moet zijn kostuum zijn voor het komende festijn. Bij toeval ziet hij zichzelf in de grote spiegel aan de muur. Nu pas ziet hij hoe potsierlijk hij eruitziet met die pofbroek en dat wijde overhemd erboven. Zouden ze dat nou echt mooi vinden?

Hij probeert nog een deur en weer een, en aan het eind van de hal komt hij eindelijk bij een zware gebeeldhouwde deur die wel op slot zit. Hij draait de sleutel om en komt in een kamer waar in het midden een robuust bureau staat. Zijn oog valt op de ganzenveer, de inktpot en de rol papier. Hij voelt een druk op zijn borst en het is alsof zijn keel wordt dichtgeknepen.

Nu hij weet wat er van hem wordt verwacht slaat de paniek toe. Vooral door het besef dat hij de hoge verwachtingen die het volk van hem heeft waarschijnlijk niet kan waarmaken. Hij trekt de deur van de schrijfkamer achter zich dicht en rent terug naar de salon. Hij begint door de ruime kamer te ijsberen, zijn hart klopt onrustig en hij trilt. Zo kan hij de nacht niet in. Hij voelt zich wel vaker onrustig en dan wil een avondwandeling nog wel eens helpen. Johan loopt door de hal over de binnenplaats naar de poort. Hij heeft nog geen stap buiten gezet of een van de wachters staat al voor hem.

'Mag ik vragen wat u van plan bent?'

'Ik ga een luchtje scheppen.'

'Helaas moet ik u sommeren naar binnen te gaan,' zegt de wachter op een vriendelijke toon.

'Het spijt me,' zegt hij, 'maar ik ben een vrij mens.' Johan doet een stap opzij en wil doorlopen, maar de wachter verspert hem de weg.

'U bent het kostbare bezit van onze minister, of liever gezegd, van ons allemaal. Om die reden kan ik u niet laten gaan.'

Nu komt de andere wachter er ook bij staan.

'Wij raden u aan uit eigen beweging naar binnen te gaan.'

De glimlach op de gezichten maakt Johan razend. Hij besluit

gewoon toch door te lopen, maar dan ziet hij dat de ophaal-brug wordt opgehaald. Voordat hij iets zegt waar hij later spijt van zal krijgen, draait hij zich om en gaat het kasteel weer binnen.

Draaiend aan zijn zegelring zakt hij neer in een fauteuil. De ontmoeting met de wachters geeft hem een alarmerend ge-voel over zijn verblijf hier. Vanaf de eerste minuut voelde hij zich al niet op zijn gemak in deze ruimte. Hij vermoedde dat dat aan hem lag. Maar nu hij het toelaat, voelt hij de grimmi-ge sfeer die in het kasteel hangt. De mensen die hij tot nu toe heeft ontmoet, behandelden hem uiterst vriendelijk, maar is die vriendelijkheid wel gemeend?

Waar is hij terechtgekomen? Voordat de paniek toeslaat. Hij spreekt zichzelf streng toe: het was een emotionele dag; het achterlaten van zijn lotgenoten op het eiland; de generaal die overboord sprong; een gigantisch onthaal door dit vreem-de volk; het kasteel zo kolossaal dat hij moeite moet doen niet te verdwalen; het besef wat er van hem wordt verwacht; en alsof dit alles nog niet genoeg is, krijgt hij te horen dat hij het bezit is van de minister en het volk. Logisch dat dit alles hem aanvliegt. Het beste is om te gaan rusten. Morgen is er weer een nieuwe dag. Johan is nog altijd de baas over zichzelf. Als mocht blijken dat hij hier beter niet kan zijn, dan vindt hij vast wel een manier om ervandoor te gaan.

Johan ligt in het hemelbed tussen met kant afgezette geste-ven lakens. Door het raam dringt de penetrante geur van bloed zijn slaapkamer binnen. Hij vraagt zich af waar al dat bloed vandaan komt. Als hij de stank niet langer kan verdra-gen, staat hij op om het raam te sluiten.

's Nachts hoort hij allerlei geluiden die hij niet kan thuisbrengen. Van schrik zit hij voortdurend rechtop in zijn bed. Naargeestig, ineens weet hij het woord dat bij dit kasteel past. *Naargeestig!* Hij weet dat hem niets kan gebeuren, buiten patrouilleren de wachters voor zijn raam, en toch voelt hij zich onveilig.

Met weemoed denkt hij terug aan het eiland, waar hij sliep op de harde grond. De gedachte dat hij elk moment door de carrièrevrouw overvallen kon worden, was minder beangstigend dan deze plek.

Hij denkt terug aan vroeger, toen hij regelmatig naar een landgoed fietste niet ver bij hen vandaan. Op het landgoed, tussen het groen, lag een kasteel. Hij stond daar en fantaseerde hoe het er vanbinnen uit zou zien en bedacht hoe het zou zijn om in het kasteel te wonen. Op een mooie zomerse dag kwam de kasteelheer naar buiten.

'Ik zie jou hier zo vaak,' sprak de man hem aan. 'Ben je in kastelen geïnteresseerd?' Hij knikte. 'Als je toestemming hebt van je ouders, geef ik je de volgende keer een rondleiding.'

'Geen sprake van!' riep zijn vader. 'Daar binnen in het kasteel gebeuren duistere dingen die het daglicht niet kunnen velen.'

In het schijnsel van de maan ziet Johan de silhouetten van de wachters die voor zijn raam lopen. Als hij na een aantal uren de slaap nog niet kan vatten stapt hij uit bed en verlaat de slaapkamer. Hij duwt de zware gebeeldhouwde deur van de schrijfkamer open. Even blijft hij in de deuropening staan, knipt het licht aan en gaat achter het bureau zitten. Hij besluit te schrijven over de generaal. Waar zou die op dit moment zijn?

Johan begint te schrijven vanaf het moment dat de generaal overboord sprong en de boot achter zich liet. Het wordt al licht als hij nog steeds achter het bureau zit, maar verder dan de eerste twee zinnen is hij niet gekomen.

★

De volgende dag neemt Johan zich voor zijn situatie te onderzoeken. Hij observeert de man die zijn ontbijt serveert. Maar net als de vrouw gisteren lacht die hem vriendelijk toe. Wat moet hij daar nou van denken? Na het ontbijt gaat hij voor het raam staan en begluurt de wachters. Zodra ze hem zien, knikken ze allervriendelijkst naar hem. Ja ja, denkt hij, ik hoef maar een stap buiten de deur te zetten en ik word met dezelfde vriendelijkheid teruggestuurd. Hij zit gevangen. Hij beseft dat het festijn waarvoor hij een verhaal moet leveren zijn carrière kan schaden. Hij had bij aankomst moeten vragen wat er eigenlijk van hem werd verwacht, maar door zijn ijdelheid heeft hij het zich allemaal laten aanleunen. De feestelijke ontvangst, de toespraak van de minister, de hele ceremonie, het verblijf in het kasteel, alles. Hoe moet hij zich hieruit zien te redden? Voor het eerst heeft hij spijt dat hij niet met de generaal is meegegaan. Johan loopt naar de schrijfkamer die op de tuin uitkijkt. Misschien kan wat frisse lucht en het groen hem inspireren. Of zou dat ook verboden zijn?

Hij opent de deur en loopt de tuin in. Niemand wijst hem terecht. Hij kijkt naar de uitbundig begroeide hoge stenen muren waarmee de tuin van de buitenwereld is afgescheiden. Hier zou hij nooit uit kunnen ontsnappen. Als hij dichter bij de muur komt, ontdekt hij camera's in de heg. Elke stap die hij zet, wordt in de gaten gehouden.

De tuin is met net zoveel zorg aangelegd als de inrichting van het kasteel. Tussen kolossale keien door stroomt water. Hij neemt het pad langs een wilde bloementuin. De stank van geronnen bloed stijgt uit boven de zoete bloemengeur. De tuin komt uit op een grasveld, met midden op het gras een bronzen beeld van de minister, aan elke kant een jachthond. Dan komt Johan langs kleurige borders vol rozen, en nog veel meer borders, van elkaar gescheiden door hagen. Telkens denkt hij dat de tuin ophoudt, maar dan wordt hij opnieuw verrast door een bruggetje dat naar een volgend gedeelte leidt. Voor hem ligt een prachtige vijver met een bankje ernaast. Vanaf het bankje heeft hij uitzicht op een partij witte waterlelies die hun grote bloemen hebben geopend. Het is een rustgevende plek. Hier zou hij wel eens geïnspireerd kunnen raken.

Zijn oog valt op een vrouw in een lange, kleurige jurk, die gebogen over een bloembed staat. Hoewel hij niet in de stemming is om contact te zoeken, stapt hij toch op haar af. Pas als ze opkijkt en naar hem glimlacht, begrijpt hij waarom hij haar heeft benaderd.

Haar ogen stralen en haar plukkende handen zijn slank en teer. Ze heeft geen rooddoorlopen ogen, zoals de anderen, maar prachtige blauwe ogen. Haar lippen zijn rood en glimmen in het zonlicht. Het lijkt een verschijning uit een sprookje, zo zacht en sereen is deze vrouw, alsof ze is geweven van de kostbaarste zijde.

'Ik pluk deze bloemen voor u,' zegt ze. 'Als ik klaar ben, zet ik ze in een mooie vaas op uw bureau, in de hoop dat ze geluk brengen.'

Het lijkt een verschijning uit een sprookje, zo zacht en sereen is deze vrouw, alsof ze is geweven van de kostbaarste zijde.

Haar stem resoneert door zijn hele lichaam en sprakeloos kijkt hij toe hoe ze bloem voor bloem schikt tot ze een weelderige bos naar hem ophoudt.

Pas als ze al over het bruggetje is, dringt het tot hem door dat hij haar zomaar heeft laten gaan en hij rent haar achterna. Wanneer hij haar niet meer in de tuin ziet snelt hij de schrijfkamer in, maar ook daar treft hij haar niet. Hij wordt onrustig; stel je voor dat ze zich heeft bedacht en niet meer terugkomt. Hoe kan het dat deze vrouw hem zo raakt?

'Je bent toch gekomen!' zegt hij stralend als ze even later met de vaas bloemen binnenkomt. Zijn hart begint sneller te kloppen. Hij heeft het gevoel dat hem iets heel groots overkomt, wat hij niet voorbij mag laten gaan. De donkere deprimerende ruimte die vannacht nog zo stonk naar bloed lijkt door haar aanwezigheid op te lichten en geurt ineens verrukkelijk. Nog nooit heeft hij dit bij een vrouw ervaren. Zijn zorgen over het komend festijn zijn op slag verdwenen. Hij zit niet meer in over zijn carrière. Het maakt hem niet meer uit dat hij het huis niet mag verlaten. Deze vrouw is het enige wat nog telt.

'Blijf bij me, alsjeblieft,' zegt hij als ze wil weggaan. 'Neem hier plaats, of daar, het doet er niet toe waar je gaat zitten, als je maar bij me bent.'

Ze gaat op de stoel bij het raam zitten en hij kijkt naar haar. En dan weet hij het opeens: ze is zijn muze! Voor het eerst sinds maanden voelt hij de inspiratie stromen. 'Hoe heet je?' vraagt hij en hij gaat achter het bureau zitten. 'Vevina.'

'Prachtig...' Als in een roes pakt hij de ganzenveer en doopt hem in de inkt. De woorden komen zomaar in zijn hoofd op. Woorden voor gevoelens waarvan hij dacht dat hij ze niet had. Wat doet deze vrouw met hem, dat hij voor het eerst van zijn leven een liefdesgedicht kan schrijven? Hij die dat altijd zo sentimenteel vond. Hij geloofde nooit in de liefde, maar weet nu dat ware liefde bestaat.

Het vers schrijft zichzelf. Hij is een en al inspiratie. De hele dag werkt hij aan zijn gedicht en zolang hij bezig is, doet haar blik zijn schrijvershart opvlammen. Het begint al te schemeren als hij de veer neerlegt.

'De titel van het gedicht is "Vevina",' zegt hij trots en hij schuift zijn stoel naar haar toe en leest de twaalf coupletten voor. Het ontroert hem zo dat hij tijdens het lezen een brok in zijn keel krijgt. Wanneer hij klaar is kijkt hij haar aan met een mengeling van aarzeling en verwachting. In haar ogen staan tranen en hij ziet angst.

'Heb ik je bang gemaakt?' vraagt hij geschrokken.

'Het is prachtig...' zegt ze, 'maar dit is poëzie, poëzie is niet toegestaan op het festijn, het moet proza zijn.'

'Dat kan me niet schelen,' zegt hij. 'Dan win ik maar niet, het gaat me alleen om jou.'

Ze pakt zijn hand. 'Ga niet naar het duel!' Ze smeekt het bijna. 'Ga niet alsjeblieft.' Ze drukt een kus op zijn hand en vlucht de schrijfkamer uit.

Waar gaat ze heen? Hij mag haar niet kwijtraken en hij rent haar achterna. Hij ziet haar boven op de overloop en wil de trap op gaan, maar een bewaker belet hem de doorgang.

Johan gaat terug naar zijn kamer en leest het gedicht over, en nogmaals, bang het sublieme gevoel te verliezen. Poëzie is niet toegestaan op het festijn, waar slaat dat op? Hij wil dit gedicht voordragen en niets anders. Het maakt hem niet uit hoe ze zullen reageren. Hij voelt dat dit precies is wat hij wil vertellen en hij laat zich er niet van weerhouden.

Pas veel later denkt hij aan haar bezorgde woorden. Waarom noemde ze het een duel?

*

In geen tijden heeft Johan zich zo voldaan en gelukkig gevoeld. Het gedicht zit in zijn hoofd. Ik ben op de goede weg, denkt hij steeds. Hij weet zelf niet waar de woorden precies voor staan, maar ze geven hem vertrouwen. Door het gedicht is er een eind gekomen aan de angst dat zijn inspiratie hem voorgoed had verlaten. Hij denkt terug aan de eerste avond met Joke. 'Je ziet eruit als een dichter,' had ze gezegd. Toen hij haar verbeterde, kon hij niet weten dat hij jaren later met veel overgave dit gedicht zou schrijven.

Hij zit achter zijn bureau. Eén enkele gedachte aan Vevina is genoeg voor nog meer versregels. Hij blijft net zolang dichten tot het eten in de salon wordt opgediend. In een soort trance loopt hij erheen. Denkend aan Vevina eet hij zijn bord leeg. Bij de koffie vraagt hij zich pas af wat hij heeft gegeten, maar hij weet het niet. Haar prachtige zachte lippen, denkt hij, wat zou ik die graag kussen.

Een paar uur geleden had hij nog spijt dat hij zich naar dit kasteel heeft laten voeren. Nu moet hij er niet aan denken dat hij het aanbod van de minister zou hebben afgeslagen. Hoe het ook verder gaat, zijn verblijf hier heeft zijn vruchten al afgeworpen. De ontmoeting met de vrouw uit zijn dromen heeft hem voorgoed veranderd. Al zou hij haar nooit meer zien, dan nog zal hij nooit meer dezelfde zijn als voor hun ontmoeting. Vevina heeft zijn hart zacht gemaakt.

Johan schrikt op van gejuich en gejoel dat plotseling van buiten komt. Hij wil weten wat er aan de hand is en loopt automatisch door de lange gang het kasteel uit. Weer staat de wachter meteen voor hem. 'Mag ik vragen wat u van plan bent?'

'Ik wil weten waar dat lawaai vandaan komt.'

'Ik kan u geruststellen, niets om u zorgen om te maken. Het komt uit de arena. De bevolking wordt daar voorbereid op het aankomende festijn.'

'Dan ga ik daar een kijkje nemen,' zegt hij. 'Dan weet ik beter wat ik me erbij moet voorstellen. Tenslotte sta ik daar zelf over twee dagen.'

'Het spijt me,' zegt de wachter beslist. 'Zoals ik u al eerder duidelijk maakte, u mag het kasteel niet verlaten. Ik heb opdracht van de minister om u binnen de muren van het perceel te houden. Ik verzoek u dan ook vriendelijk weer naar binnen te gaan.'

'Ik wil weten wat er gebeurt. Kunt u niet voor één keer een oogje dichtdoen?'

'Onmogelijk! Het gaat niet zomaar om een willekeurige regel. Dit is de regel der regels, mag ik wel zeggen. U mag het kasteel nooit verlaten.'

'Neemt u mij niet kwalijk dat ik het zeg, maar dat is toch een onzinnige regel.'

'Er zijn heel wat regels in mijn loopbaan die ik al heb opgevolgd. Maar ik zie dat u geïnteresseerd bent, een moment.' De wachter gaat het kasteel in en komt terug met een dik boek. 'Kijkt u zelf maar, propvol regels die ik tot dusver allemaal heb opgevolgd. En we zijn er nog lang niet, er komen elke maand regels bij.'

Het gejuich in het stadion zwelt aan. 'Over twee dagen

staat u zelf in de arena, dan ervaart u aan den lijve de gang van zaken. Ik kan u niet laten gaan. Leest u maar.' En de man zoekt de regel op. *'De wachter mag nooit en te nimmer de poort van het kasteel onbeheerd achterlaten, tenzij hij in het boek met regels moet kijken.'*

'Kunt u mij dan op z'n minst vertellen wat er precies gebeurt in de arena?'

De wachter komt meteen met de bladzij aan waarin staat dat juist dat is verboden.

'Ik vind het oprecht vervelend dat ik u moet teleurstellen,' zegt hij met een glimlach op zijn gezicht.

'Is er misschien een andere mogelijkheid om dit schouwspel te volgen?' vraagt hij.

De man bladert in het boek. Het duurt zo lang dat Johan bang is dat het spektakel al voorbij zal zijn als de man eindelijk antwoord geeft. Ineens kijkt de wachter toch op en zegt: 'Ik heb het grondig uitgezocht, maar er is misschien toch een mogelijkheid om het schouwspel gade te slaan. Ik kan in de tekst inderdaad niet vinden dat het verboden zou zijn. Wat op dit moment in de arena plaatsvindt, moet u zien als een soort try-out. Uw tegenstander is er aanwezig met een schrijver die door de minister is aangewezen. Als u de trappen van het kasteel beklimt, komt u boven in het torentje. Daar heeft u uitzicht over de hele stad en kijkt u zo van bovenaf de arena in.'

'Geweldig!' Johan snelt naar binnen en zonder dat hij door iemand wordt tegengehouden rent hij de trappen op. Eenmaal in het torentje kijkt hij naar buiten in de overvolle, verlichte arena. Gelukkig, hij is nog op tijd. Het publiek joelt en schreeuwt dat het duel moet beginnen.

De deuren van de catacomben gaan open. Van de ene kant komt een schrijver, blijkbaar de favoriet, want het publiek scandeert en komt overeind. De schrijver die uit de andere catacombe komt, is waarschijnlijk degene die door de minister is aangewezen. Hij kijkt naar de immense ruimte. Dus daar gaat hij zijn gedicht voordragen! Als de favoriet zijn verhaal tevoorschijn haalt, wordt de menigte op slag stil. Door de akoestiek kan Johan de tekst woord voor woord verstaan. Terwijl iedereen doodstil luistert, wordt hij rood van schaamte vanwege de perversiteit van het verhaal. Tien minuten luistert hij naar banale seks en gewelddadige scènes. Vervolgens barst het applaus los en wordt er omgeroepen dat de positieve reactie van het publiek doorslaggevend is. Ze zijn zo enthousiast dat hij vermoedt dat de ander geen schijn van kans maakt. Het is zelfs erger dan hij dacht; als de kunstenaar zijn prachtige lyrische ode aan de natuur voorleest, wordt hij weggejouwd. Een dergelijk duel zal hij dus met zijn liefdesgedicht nooit kunnen winnen. Dan bedenkt Johan zich dat hij ook niet hóéft te winnen.

Een levensgrote papierversnipperaar wordt de arena binnengereden. Het lyrische verhaal wordt de schrijver uit handen gerukt en verdwijnt in de machine, waarna het er in snippers uit komt. Het gejoel houdt aan en wordt zelfs heftiger. Dan staan de twee gespierde mannen op die Johan het kasteel binnen hebben gedragen. Het publiek wordt wild. Duizenden rode ogen beginnen te vlammen. Wanneer ze de verliezende schrijver vastpakken, volgt er gejoel van de menigte en uit hun strot komen dierlijke geluiden. De schrijver probeert zich los te rukken, maar de twee krachtpatsers sleuren hem naar de papierversnipperaar. Ze houden hem aan zijn benen omhoog en zwaaien hem met zijn hoofd omlaag voor het juichende publiek. En dan begint het aftellen: 'Tien, negen, acht zeven zes ...' klinkt het uit duizenden kelen. Bij nul houden de mannen de schrijver met zijn hoofd vlak boven de machine. Johan hoort zichzelf gillen. De man die al blauw is aangelopen, schopt en trapt en probeert bij de machine weg te blijven. Dat zorgt alleen maar voor nog meer tumult. Het publiek giert van de lach als de schrijver uit doodsangst begint te gillen. De mannen geven elkaar een teken en dan verdwijnt het hoofd van de schrijver in de papierversnipperaar. Repen vlees met haar erop rollen uit de machine en de vloer loopt vol bloed. De mannen waden door het bloed en vissen er een oog uit, dat ze naar de tribune gooien. Het publiek wijst schreeuwend op het tweede oog, dat naast een stuk neus in het bloed drijft. Wanneer er ook nog een half oor uit komt rollen, zijn de mensen niet meer te houden en springen juichend op hun plek op en neer. De mannen waden over het veld om een paar botten te pakken. De krijsende menigte verdringt zich om er een te vangen. Twee vrouwen, beide met een bot druipend van het bloed, beginnen te vechten. Ze trekken elkaar de haren uit het hoofd, maar niemand let erop, alle ogen zijn gericht op de papierversnipperaar. Nu vissen de mannen een stuk huid uit een bloederige massa. Het moet van zijn borst zijn, want Johan ziet een tepel. Het publiek gaat staan, met hun mond wijd open. Een van de mannen zet zijn tanden in het vlees, bijt de tepel eraf en spuwt hem vol kracht in de richting van het publiek. Er wordt geklapt wanneer de jongen die de tepel in zijn mond opvangt, slikt. Het publiek schreeuwt en wijst gillend naar de machine waar een halve hand met twee vingers uit komt. Een van de mannen grist hem nog net voor de ander weg, steekt de ringvinger druipend van bloed in zijn mond, zuigt de trouw-

Repen vlees met haar erop rollen uit de machine
en de vloer loopt vol bloed.

ring eraf en steekt hem in zijn zak. Johan ziet alleen nog dat het bebloede stuk hand naar het publiek wordt gegooid en dan wordt het hem zwart voor de ogen.

Wanneer hij bijkomt, voelt hij een zachte hand, die zijn gezicht streelt.

'Vevina,' fluistert hij zodra hij zijn ogen opent.

'Je hebt het nu zelf kunnen zien,' zegt ze zachtjes. 'Je hebt het huiveringwekkende tafereel vanaf deze plek gevolgd.'

Hij kijkt in haar ogen en de warmte en liefde die hem omringen zijn zo diep dat al zijn angsten erin lijken op te lossen. Niet alleen die vanwege het gruwelijke tafereel van zojuist, maar ook de angsten waarvan hij al zijn hele leven last heeft. Is hij wel goed genoeg voor Vevina, zal hij toch nog door haar worden afgewezen? Door te schrijven en zich te concentreren op zijn werk verdwijnt de angst regelmatig op de achtergrond, maar hij ligt altijd op de loer. Altijd.

Johan pakt haar hand en voelt liefde. Hij laat zich ermee volstromen en wordt overvallen door de onbedwingbare drang het prachtige gevoel te delen met anderen. Waar kunnen ze de liefde beter gebruiken dan hier, op deze plek, waar mannen en vrouwen en zelfs kinderen worden opgezweept om zich te vermaken met het leed van een onschuldig medemens. Hoelang gebeurt dit al? Afgaand op de scherpe geur van bloed waarmee de stad is doordrenkt, zijn er al heel wat onschuldige mensen geofferd.

Hij is ervan overtuigd dat het niet voor niets is dat de liefde hem juist hier overkomt, bij deze harteloze wezens. Als hij nu zou vluchten, zou hij weer hetzelfde doen als altijd, zich in zijn verhalen verstoppen en proberen om alles te vergeten. Wat heeft hem die keuze werkelijk gebracht?

Vevina drukt een kus op zijn mond. 'Ik heb je gesmeekt niet naar het duel te gaan,' zegt ze, 'maar ik zie aan je dat je er niet van af te brengen bent. Daarom zal ik bij je zijn.'

Haar woorden dringen langzaam tot hem door. Dit zou hij in geen enkel verhaal durven opschrijven. Zijn lezers zouden hem uitlachen. Wie is die vrouw die dit in jou bewerkstelligt? Ongeloofwaardig, zullen zijn redacteuren zeggen. Haal dat er maar uit, je kent haar nauwelijks. Maar al verklaart de hele wereld hem voor gek, hij weet nu voorgoed dat deze diepe liefde tussen twee mensen kan bestaan. Ze heeft gelijk, ze kan hem er niet van afbrengen. Hij is niet van plan te vluchten en het mooiste wat hem ooit in zijn leven is overkomen, achter te laten. Niemand houdt hem tegen, zelfs zijn eigen doodsangst niet.

Ze drukt nog een kus op zijn hoofd en dan is ze weg. Maar dit keer rent hij haar niet achterna. Hij weet dat hij haar zal zien in de arena, en hoe het ook afloopt, niets en niemand kan ooit ongedaan maken wat er tussen hen bestaat.

Johan komt overeind en wil de stad zien waar zoveel gruwelijks gebeurt. Onder luid gejuich begeeft de in het zwart geklede menigte zich in een lange rij van de arena naar de kerk, waar een geestelijke hen in de deur staat op te wachten. Aan beide kanten van de nauwe straten staan naar voren hellende, door vocht aangevreten huizen, waarvan de verrotte deuren openstaan. Een groep dronken mannen en vrouwen verlaat onder luid gegil en gelach het café en begint midden op straat de liefde te bedrijven. Een blote man, op de hielen gezeten door drie schuimbekkende honden, rent voor zijn leven en vlucht een huis in. De honden springen blaffend en grommend tegen het kapotte raam op.

Achter een uitgestorven station ligt een verzakt postkantoor. Op de dichtgetimmerde deur staat in slordige letters 'Gesloten'. Tegen de beschimmelde muren staan torenhoog op elkaar gestapelde, aangevreten postzakken.

Hij ziet een winkelplein, vol winkels die al tijden gesloten moeten zijn. Daar knagen ratten en muizen aan het bedorven eten in de etalages. Op de spoorweg ligt een verstofte, gekantelde vrachtwagen. Uit het portier bungelt een half verteerd lichaam.

Hoe ongelooflijk het ook lijkt, Johan ziet dit alles vanuit zijn raam. De trieste aanblik van deze stad sterkt Johan in zijn overtuiging om juist hier over de liefde te vertellen.

★

Na onafgebroken aan het gedicht te hebben gewerkt, valt hij 's nachts doodmoe in slaap. De volgende ochtend wordt hij gewekt door de zoete smaak van een innige kus. Hij denkt dat hij droomt, maar dan ziet hij dat Vevina naast hem ligt. Ze kust hem en streelt hem door zijn haar en fluistert lieve woordjes.

'Vannacht kom ik weer,' zegt ze en weg is ze.

Vertederd door zoveel liefde stapt hij uit bed. Het eerste wat hij doet is zijn gedicht overlezen. Het tiende couplet mist nog een paar regels. Gelukkig heeft hij nog een lange dag om eraan te sleutelen.

Na het ontbijt sluit hij zich op in de schrijfkamer. Hij is nog maar net begonnen als er op de deur wordt geklopt en nog met zijn hoofd bij zijn werk zegt hij: 'Zet u de koffie maar neer.'

'Neemt u me niet kwalijk, maar ik heb uw koffie in de salon geserveerd,' zegt de vrouw vriendelijk. 'Er is bezoek voor
u.'

Hij legt zijn veer neer, gaat naar de salon en treft daar de
minister aan.

'Morgen is het festijn. Ik hoef u niet te vertellen hoe benieuwd we allemaal zijn naar uw aandeel. Bent u tevreden
over uw werk?'

'Excellentie, in uw prachtige schrijfkamer heeft mijn inspiratie mij tot grote hoogten gebracht.'

'Zo mag ik het horen.' De minister leunt achterover en
trekt aan zijn sigaar. 'Ik zal u niet vragen het voor te lezen, ik
geef er de voorkeur aan mij tijdens het festijn te laten verrassen.'

'U zal zeker worden verrast door de schoonheid van mijn
gedicht.'

'Poëzie?' De minister schiet overeind. 'Onder geen voor-
waarde. Hebben we je daarvoor al die dagen in weelde onder-
gedompeld? Om ons met een of andere rijmelarij te vervelen?'

'Nee, excellentie, u mag hier niet van rijmelarij spreken,
want al klinkt het nog zo ongeloofwaardig in uw land, ik heb
hier een liefdesgedicht gecreëerd.'

'Nog erger!' roept de minister uit. Hij springt op. 'Een liefdesgedicht, laat me niet lachen. En daar wil je mijn levendige
volk mee vervelen? Een land waar al honderd jaar geleden de
huwelijkse staat is afgeschaft omdat mensen geen liefde kennen? Ze willen leedvermaak, ze willen opwinding voelen.
Als je dan per se een liefdesgedicht wil voordragen, hak haar
dan in moten, wrijf haar vlees in met kruiden, marineer haar
en laat haar sudderen op een laag vuur, tot elke vezel gaar is
en het malse vlees van het bot valt en deel het dan uit aan het

volk, ze zullen er gretig van smullen. Nou ja, waar maak ik me druk over? Op deze manier krijgt het volk toch wat het wil. Namelijk jouw ondergang!'

Zonder te groeten loopt hij naar buiten en slaat de deur achter zich dicht.

Johan laat zich niet ontmoedigen, hij is vastbesloten de menigte door de schoonheid van zijn vers te ontroeren.

*

Opnieuw heeft Johan zich de hele dag in de schrijfkamer opgesloten. 's Nachts om halftwaalf is hij eindelijk tevreden over het resultaat. Door de tedere uitstraling van Vevina, die hem verraste met nog een kus, vloeiden de ontbrekende versregels spontaan uit zijn veer.

Voldaan stapt hij in bed, maar hij is niet van plan te gaan slapen. Hij weet dat Vevina ook deze nacht zal langskomen en dit keer wil hij geen seconde van haar aanwezigheid missen.

Uitgeput van het harde werken valt hij toch in slaap en als hij 's morgens wakker wordt, ligt ze weer naast hem. Ze kijken elkaar in de ogen en denken beiden hetzelfde. Vandaag is het zover!

'Ik ben bij je,' fluistert ze. Ze kust hem. Hij kijkt haar aan en is vervuld van dankbaarheid. Wie had nou kunnen vermoeden dat hij zo'n bijzondere vrouw zou mogen beminnen?

Hij kan niet wachten om hun liefde aan het harteloze volk

te tonen. Hij voelt zich een uitverkorene. Hij mag de mensen in deze stad de belangrijke boodschap van de liefde meegeven. Een bijdrage leveren aan hun mogelijk toekomstige geluk. Wat moet het leven leeg en bitter zijn als je jezelf, je eigen plek en je omgeving niet verzorgt. Ze liggen in elkaars armen zonder te praten, beiden vol van wat staat te gebeuren. 'Ik moet nu gaan,' fluistert Vevina.

'Nog even.' Hij houdt haar vast alsof hij haar nooit meer los zal laten, maar ze maakt zich los uit zijn greep en verdwijnt.

Johan gaat de badkamer in, waar drie verzorgers klaarstaan om hem te badderen en te scheren. Hij beseft dat het grote moment bijna is aangebroken. Over een halfuur komen de sterke mannen hem halen om hem naar de arena te dragen. Buiten klinkt al gejuich.

Hij komt langs de kamer, waar zijn kostuum al klaar hangt. Hij besluit het allemaal maar te laten gebeuren, niet uit onverschilligheid, integendeel. Zijn aandacht is gericht op wat gaat komen.

De minister liet gisteravond nog vragen of ook zijn geliefde aanwezig zal zijn. Het leek hem gepast als Vevina niet ver van Johan vandaan in een daarvoor bestemde zetel zou zitten.

Na het bad wordt Johan niet alleen geschoren, maar ook worden zijn nagels en haar weer geknipt en ze besprenkelen hem met een sterk parfum. Dan hijsen de verzorgers hem plechtig in zijn pak.

Op tafel ligt een goudkleurige, kartonnen map om zijn tekst in te stoppen, zodat die niet verloren gaat.

Hij voelt de opwinding van het personeel. Nadat hij is gekleed, draaien ze hem langzaam een paar keer in het rond om te controleren of er niet ergens nog een vouw of kreuk zit.

'De dragers zijn aangekomen!' klinkt het en tegelijkertijd gaat de deur open en komen ze binnen, dezelfde mannen die hij twee dagen geleden een onschuldige schrijver wreed in de papierversnipperaar zag duwen.

Wacht maar, denkt hij als hij op hun schouders zit. Zodra jullie mijn gedicht hebben gehoord, zal alles veranderen.

Dankzij de kracht van zijn liefde voor Vevina laat hij zich zonder angst naar de arena voeren.

Achter dranghekken staan rijen roodogigen die hem toejuichen en kushandjes toewerpen. Ze klappen uitbundig wanneer hij de gouden map met zijn meesterwerk omhooghoudt.

Ze lopen de catacomben in, langs de drommen mensen die de arena binnengaan. Het is de bedoeling dat hij net zolang op de schouders van de dragers blijft zitten tot hij wordt binnengeroepen.

Zou Vevina al in de arena zijn aangekomen? Of wachten tot zijn optreden begint?

Plotseling slaat de spanning toe. De situatie herinnert Johan aan zijn lezingen, waar de nervositeit hem ook vlak voor aanvang overviel. In het begin van zijn carrière was de angst zo hevig dat hij achter de katheder beefde als een riet. Soms sloeg de stress ook op zijn stem en produceerde hij een piepend geluid. Maar door de nabijheid van Vevina is hij daar vandaag niet bang voor.

In de arena klinkt luid gejuich. Hij vermoedt dat het voor de favoriete schrijver is. Nu begint hij te lezen, denkt hij als het plotseling stil wordt. Het duurt niet lang of het enthousiasme van het publiek barst los. Minutenlang gaat na afloop van het optreden het applaus, gejuich en voetgetrappel door.

Johan blijft geloven in zijn gedicht dat hij hun weldra zal laten horen.

De mannen dragen hem de arena binnen. Een staande ovatie is zijn welkom. De verwachtingen zijn zeer hooggespannen. Zijn blik wordt naar Vevina gezogen, die hem vol liefde aankijkt. Hij bedankt buigend voor het applaus en vraagt met een opgeheven hand om stilte.

'Dierbaar publiek,' spreekt hij de menigte toe. 'Het moment is aangebroken waarop ik het zal opnemen tegen jullie al jaren onverslaanbare favoriet.' Hij wacht tot het gejuich ophoudt en gaat verder. 'In de daarvoor bedoelde drie dagen heb ik in het luxueuze kasteel het mooiste voor jullie gecreëerd wat ooit van mijn hand is verschenen.'

Weer wordt hij overstelpt door gejuich en kushanden.

'Het is een gedicht geworden.'

Hij heeft de woorden nog niet uitgesproken of er volgt een luid boegeroep. Even zinkt de moed hem in de schoenen, maar één blik richting zetel is voldoende om door te gaan. 'Het is een liefdesgedicht, en mijn geliefde, de vrouw die mij tot dit vers heeft geïnspireerd, is hier aanwezig.' En hij wijst trots naar Vevina.

Wanneer het gejoel eindelijk stopt, begint hij zijn verzen voor te dragen. Nooit eerder wist hij een tekst zo goed over het voetlicht te brengen. Direct na de eerste strofe voelt hij de onrust en hoort hij geroezemoes. Daarna begint het publiek te schreeuwen. En bij het tweede couplet krijgt hij de eerste schoen naar zijn hoofd. Hij probeert ongestoord door te lezen, maar hij wordt bekogeld met schoenen, er is geen houden meer aan. Ontzet kijkt hij naar Vevina, die nu ook met schoenen bekogeld wordt. Johan kan niet meer boven het gejoel uitkomen en kijkt naar de minister, die geamuseerd in zijn handen wrijft. Als hij Johans wanhoop ziet, trekt hij ook zijn schoen uit en gooit hem naar zijn hoofd.

Hij wordt niet alleen bedolven onder schoenen, maar er wordt ook gescandeerd. 'Dood aan de dichter...!' Eerst zijn het maar een paar mensen, maar algauw klinkt het uit duizenden kelen. 'Dood aan de dichter!'

Wild en vol woede wil het publiek op hem afstormen. Hij is doodsbang, zo meteen wordt hij nog gelyncht! Maar gelukkig staat de minister op. Zodra hij zijn hand opheft, belemmert een cordon van sterke mannen de menigte de arena in te rennen. Het wordt stil en iedereen zoekt zijn plaats weer op.

'Zet mij niet te schande en laat zien dat jullie je kunnen beheersen,' spreekt de minister het volk toe. 'Houd hem levend, zodat we volop kunnen genieten van ons ritueel.'

Johan kijkt gejaagd om zich heen of hij kan vluchten, maar hij ziet geen kans. Overal staan wachters.

'Ik herinner jullie aan mijn geniale variatie op ons bekende ritueel. Ik heb jullie beloofd te wachten tot er een geschikte gelegenheid zou zijn waarin dat volledig tot zijn recht zou komen. Welnu, vandaag is het moment aangebroken.'

Er barst gejuich los. Mensen vallen elkaar van blijdschap om de hals. Johan ziet hoe mannen een zetel de arena in slepen, die ze achter de papierversnipperaar neerzetten, aan de kant waar de dichter straks in snippers uit zal komen.

'De ereplaats!' roept de minister en iedereen begint te klappen.

Onder luid gejuich grijpen twee mannen Johan vast. Daar ga ik, denkt hij, maar ze brengen hem naar de zetel. Hij kijkt naar de papierversnipperaar vlak voor zich. Zou de variatie op het concept betekenen dat hij moet aanzien hoe hun favoriet in de machine zal verdwijnen?

Het aftellen begint. 'Tien, negen, acht, zeven...' klinkt het in koor. Bij nul wordt de machine aangezet. Iedereen kijkt naar een man, die een trolley binnenrijdt met een groot bord erop. De man zet de trolly naast Johan, neemt er een servet af en bindt het bij hem om. Hij haalt het bord met de lepel van de trolley en zet het op zijn schoot. Wie moet hij verdomme gaan opeten?

Er ontstaat een oorverdovend getrappel. Alle ogen gaan in de richting van de zetel. Zijn vermoeden zal toch niet juist zijn? Ze gaan Vevina toch niet in de papierversnipperaar persen? Moet hij zo gaan aanzien hoe zijn lief in repen zal worden gescheurd? Hoe haar bloed uit de machine zal stromen en haar prachtige lichaam versnipperd wordt?

'Duw haar door zijn strot! Duw haar door zijn strot!' wordt er gescandeerd en terwijl het publiek over elkaar heen rolt van de lach, ziet hij de twee sterke mannen al naar voren komen. Ze banen zich een weg door de menigte die hysterisch over de grond rolt.

Dit nooit! Hij rent naar Vevina, gaat met gespreide armen voor haar staan en roept: 'Neem mij! Alstublieft!'

Het gelach wordt alleen maar harder, de minister houdt zijn buik vast.

'Ik denk dat je het verkeerd hebt begrepen,' hikt de minister nog na. 'Jij komt er niet zomaar vanaf. Je houdt toch zoveel van haar. Je hebt zo lyrisch in je gedicht beschreven dat je samen met haar zou willen sterven. Welnu, je wens wordt vervuld!'

Terwijl Johan lijkbleek is en beeft als een rietje, slaat het publiek zich op de dijen van het lachen.

'Om te beginnen mag je een bord vullen met onderdelen van je geliefde. Daarna zullen we je haar desnoods met geweld voeren en pas dan verdwijn je zelf met een volle maag in de papierversnipperaar.'

'Nee!' roept hij in paniek uit.

De minister komt van het lachen niet meer uit zijn woorden. 'Denk je eens in, jullie bloed dat samenvloeit. Als dat geen ware liefde is.'

Het publiek gaat joelend op de stoelen staan.

'Twee geliefden die samen door het riool spoelen,' gaat de minister verder. 'Een romantischer beeld bestaat er toch niet. Ratten zullen dronken worden van jullie bloed. Gieren zullen een feestmaal genieten van jullie resten...'

Het publiek joelt nu zo hard dat de minister er niet meer bovenuit komt. Opnieuw maant hij tot stilte. 'Je dicht over het hart van de vrouw die je bemint. Het wereldwijde symbool voor de liefde. Maak je geen zorgen: haar hart zullen we sparen.' Het publiek fluit en stampt. Wat zal hij gaan zeggen?

Johan houdt Vevina trillend vast.

Dan zegt de minister: 'Voordat ze in de papierversnipperaar gaat, zullen we haar hart eruit snijden en het jou opdienen als voorgerecht.'

Hij heeft de woorden nog niet uitgesproken of de deur van de catacombe gaat open. Onder luid geklap en gejuich komen twee beulen de arena in, met tussen hen in een tafel met drie grote messen erop.

Voor het oog van het publiek beginnen ze de messen te slijpen. Als ze scherp genoeg zijn, klinkt het aftellen. 'Tien, negen, acht, zeven...' Bij drie draaien de beulen zich om. Het uitzinnige publiek joelt en juicht.

Johan siddert als hij de beulen ziet naderen. Ze zijn nog

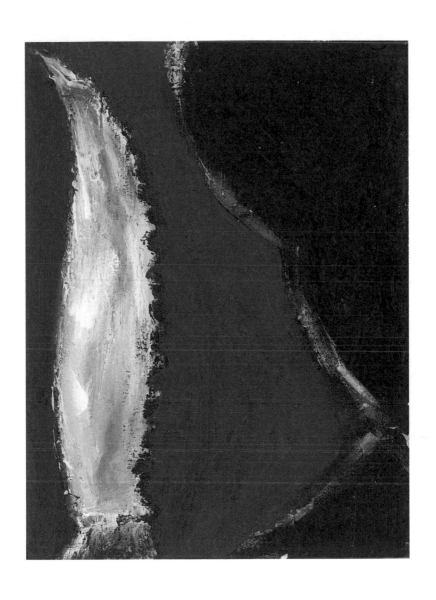

*Voor het oog van het publiek beginnen ze de messen
te slijpen.*

131

maar een meter van hen vandaan als hij boven zich het ge-
klapper van sterke vleugels hoort. De Garuda scheert laag
over de arena en nog net voordat de beulen Vevina uit zijn armen rukken, weet de Garuda haar met zijn ene poot te grijpen en hem met zijn andere.

In de veren van de Garuda ligt Johan verscholen, met zijn armen om Vevina heen. Het maakt hem niet uit waar de Garuda hen heen zal brengen. In de nabijheid van Vevina is hij
overal gelukkig. Ze spreken met geen woord over de wreed-
heden die ze achter zich hebben gelaten. Alleen dit bestaat,
het grote geluk dat hij haar in zijn armen houdt. Hij buigt
zich over haar heen en laat zich verwarmen door haar liefdevolle blik.

'Zal je altijd van me blijven houden?' klinkt haar melodi-
euze stem en hij beantwoordt haar vraag met een innige kus.
'Je mag me nooit vergeten,' zegt ze.

Hoe zou hij haar kunnen vergeten? Hij is niet van plan ooit
nog een millimeter van haar zijde te wijken. Zijn hand glijdt
langs haar hals omlaag. Hij voelt dat ze de liefde gaan bedrijven. Zou het mogelijk zijn dat hij haar hier hoog in de lucht
gaat beminnen?

'Ik laat je nooit meer gaan,' fluistert hij. Plotseling heeft
hij het idee dat de druk op zijn borst waar haar hoofd rust ver-
mindert. Hij kijkt naar haar prachtige lichaam en wil haar
kussen, maar Vevina wordt steeds lichter en haar gezicht
vervaagt. Wat gebeurt er?

'Blijf van me houden.' Hij ziet hoe haar rode lippen verble-
ken. Even denkt hij dat hij het zich verbeeldt en hij pakt haar
arm, maar ook die wordt lichter.

'Vevina!' roept hij als hij haar verder ziet vervagen. In paniek drukt hij haar tegen zich aan, maar ze glijdt uit zijn handen. Een lichtstraal schiet omlaag.

'Vevina!' Hij schreeuwt het uit. 'Ga niet weg! Ik kan je niet missen! Je bent van mij! Kom terug!' Maar de lichtstraal wordt steeds minder scherp.

Johan dacht dat hij eindelijk de liefde van zijn leven had gevonden, maar ze heeft hem verlaten. Toen hij haar ontmoette, meende hij haar onvoorwaardelijke liefde te zien, maar hij heeft zich vergist. Zou hij haar teleurgesteld hebben?

Volgens zijn moeder had zijn vader nog voor de conceptie al een bepaald beeld van een zoon in zijn hoofd. Hij zou stoer zijn, populair bij zijn vrienden en goedgebekt. Hij zag zijn relatie met zijn zoon haarscherp voor zich. De zondagmiddagen zouden ze samen doorbrengen op de tribune van het voetbalveld. Johan voldeed echter in niets aan zijn verwachting, ook al probeerde hij dat wel. Op het schooltoernooi wist hij zelfs een plek als keeper te veroveren. Weken van tevoren oefende hij met zijn buurjongen en het resultaat was lang niet slecht. Maar toen zijn vader tijdens de wedstrijd naast het doel stond, had hij van de stress een bal doorgelaten. Hij durfde niet naar zijn vader te kijken. Gelukkig wist hij daarna een gevaarlijke bal te stoppen, maar toen hij opkeek was zijn vader al vertrokken.

Hij stelde niet alleen zijn vader teleur, maar ook op school was hij een buitenbeentje. Op een dag was hij thuisgekomen met een kapotte lip en zonder fiets. De jongens hadden hem in de sloot gegooid. 'En wat heb jij toen teruggedaan?' brieste zijn vader. 'Hoe kon die jongen nou iets terugdoen,' zei zijn moeder, die zijn bebloede lip depte met een natte doek. Waarop Johans vader uithaalde en zijn vrouw in het gezicht sloeg.

133

*Het maakt hem niet uit
waar de Garuda hen heen
zal brengen.*

Zijn moeder vluchtte snikkend de strijkkamer in. Toen er werd aangebeld, liep zijn vader met woeste stappen naar de deur. Daar stond Don met Johans fiets in de tuin, met zijn moeder, die hem in zijn kraag had gegrepen.

'Hij komt zijn excuus aanbieden,' hoorde Johan Dons moeder zeggen.

Zijn vader snoof zo hard dat hij het in de kamer kon horen. Hij riep zijn zoon, dit keer niet met zijn eigen naam, maar met de meisjesnaam die hij wel vaker in zijn woede gebruikte. Vanaf die dag noemden de jongens op school hem Johanna.

4

Een grauwe, grijze lucht. Johan kijkt om zich heen maar vlagen mist belemmeren zijn zicht.

'Ik weet al waar ik je heen zal brengen,' zegt de Garuda.

'Nee! Niet weer!' roept hij, maar de Garuda zet de daling al in. Zodra ze vlak boven de grond vliegen, reikt hij met zijn kop naar achteren en grijpt Johan met zijn snavel. Hij wordt door de lucht geslingerd en komt voordat hij het beseft op de grond neer.

Een vrouw steekt haar hoofd door een loket. 'Zegt u het maar?' vraagt ze terwijl ze hem van bovenaf aankijkt.

'Geen idee,' zegt hij terwijl hij van de klap nog ligt bij te komen.

'Wat moet ik zeggen? Ik heb net de liefde van mijn leven verloren.'

'Daar heb ik geen boodschap aan, wie bent u, dat is het enige wat er hier toe doet.'

'Ik ben Johan van Tongeren.'

'Onbelangrijk. Het gaat erom wie u bent, niet hoe u heet.'

'Ik ben een bekend schrijver,' zegt hij met een zekere trots, en somt dan een aantal van zijn succesvolle titels op. 'Van mijn laatste roman zijn er vierhonderdduizend verkocht,' gaat hij verder, 'mijn boeken hebben meestal een oplage van...'

'Meneer, wij hebben hier geen tijd voor dit soort onzin.'

'Onzin?' Johan begint nu echt geïrriteerd te raken. 'Wie weet er zoiets te bereiken? Er zijn zoveel mensen die beweren een boek te kunnen schrijven, maar laten ze het maar eens doen. Daar moet u zich niet op verkijken.'

'Dat zegt me helemaal niets, schrijven doen we allemaal.'

'Ik ben een schrijver van romans, mevrouw.'

'U verveelt me met uw prietpraat. Vertelt u liever wie u bent, zonder al die onzinnige franje, dan komen we misschien verder.'

'Ik heb u toch gezegd wie ik ben, Johan van Tongeren, zo sta ik bekend. Als u mijn volledige naam wilt weten: Johannes Lucas van Tongeren.'

Ze drukt op een knop en op hetzelfde moment staat er een bode naast haar.

Hij kijkt naar Johans kleding. 'Zeer apart, moet ik zeggen. Zo zie je het niet elke dag.'

Johan realiseert zich dat hij het dichterspak nog aanheeft en dat zijn eigen kleren in het kasteel zijn achtergebleven.

'Apart,' herhaalt de vrouw en ze buigt zich over een kaartenbak en haalt er een aantal tussenuit. 'Wie weet komen we in de buurt. Heeft u last van oorsuizen?'

'Nee.'

'Hoort u stemmen?'

'Ook niet.'

'Ziet u vaak dubbel?'

Johan reageert ontkennend. 'Dan vallen deze allemaal af.'

'Er blijven nog maar een paar mogelijkheden over. Laat eens zien, als ik zeg "hardgekookt ei", wat denkt u dan?'

'Tja, wat denk ik dan, ik heb er een hekel aan als het ei te hard is gekookt.'

'Dat is nou jammer. Ja, u ziet wel, ik doe mijn best u te vinden.'

'Ik vind dit wel een vreemde gang van zaken,' zegt hij. 'Kunt u mij dan tenminste zeggen waar ik een bus- of een treinstation kan vinden?'

'Dan zult u toch eerst moeten weten wie u bent, pas dan is duidelijk waar u thuishoort en regelen we vervoer voor u.'

Het is toch wel heel beledigend dat ík me moet legitimeren, denkt hij als ze maar tussen de kaarten blijft zoeken. 'Ik kan merken dat u geen lezer bent', zegt hij 'anders zou u me zeker kennen.'

'Meneer, voor de laatste keer, het is niet van belang dat ik u ken, het gaat om uzelf. Als u weet wie u bent, is alles opgelost. Is er nog iets waaraan we u zouden kunnen herkennen? Iets karakteristieks?'

Alsof zijn succes niet genoeg is. Dit is wel heel respectloos. 'Weet u verdomme wel wie u voor u hebt?'

Ze drukt op een rode knop en weer staat er direct een bode naast haar. 'Zijn er problemen?'

'Deze man heeft geen idee wie hij is,' zegt ze, 'en ik kan hem nergens vinden.'

Hij neemt Johan van top tot teen op. 'Een duidelijk geval. Is er nog plaats?' vraagt hij aan de vrouw. 'Ik weet niet waardoor het komt, maar het is de laatste tijd zo druk met mensen die zichzelf niet kennen.'

'Er is nog plek,' zegt ze.

'Mooi zo,' zegt de man. 'Dan mag u daar proberen of u erachter kunt komen. Helaas is de cursus al een week geleden van start gegaan, maar u ziet er niet dom uit, die achterstand haalt u wel in. Ik maak het hek voor u open.'

'Ik laat me niet opsluiten,' zegt Johan. 'Ik wil naar huis, ik zoek wel iemand die me de weg wijst.' En hij draait zich om. Een cursus! Zijn ze gek geworden? Alleen maar omdat ze zelf te stom zijn om hem te herkennen.

Johan kijkt om zich heen en ziet een verlaten modderige vlakte met flarden mist en laaghangende grijze wolken. Nergens ziet hij een huis. Hij probeert te lopen, maar hij zakt weg in de modder, bij elke stap nog dieper. Hij tuurt over het moeras en ziet hier en daar iets boven de grond uit steken. Hij vraagt zich af wat het is, maar ineens ziet hij het. Het zijn mensen! Sommigen zitten tot hun middel vast, en ook steken er hoofden boven het moeras uit, en hoofddeksels. Een gier daalt op een hoofd neer en pikt de ogen eruit. Stel je voor dat ze hem over een tijdje ook zo aantreffen. Geschrokken trekt hij zijn voeten uit de sompige grond. Is er nou nergens een begaanbare weg? Maar hij komt tot de conclusie dat hij aan de rand van een moeras staat, dat zich wellicht mijlenver uitstrekt. Hij is niet iemand die gauw opgeeft, maar hij ziet maar één oplossing om hier levend vandaan te komen.

Het raampje van het loket zoeft al omhoog als Johan aanklopt. Dezelfde dame kijkt hem vragend aan. 'Zegt u het maar.'

'Mag ik misschien toch naar binnen?'

'Zoals u wilt.' Ze drukt op een knop en de bode verschijnt. Hij maakt het hek open en neemt hem mee door een poort. Hij komt in een door coniferen omzoomd vierkant park met tot op de millimeter gemaaide gazons, waar strakke geasfalteerde paden doorheen lopen. Midden in het park staat een grijs robuust vierkant gebouw. Zodra ze daar aankomen, luidt de bode de bel die naast de deur hangt. Een naakte vrouw met

En ook steken er hoofden boven het moeras uit,
en hoofddeksels.

grote borsten en brede heupen en een geruit schort voor doet open.

'Hemeltjelief,' zegt ze. 'Ik zie al genoeg. Kom maar gauw bij Anna. Maak je maar geen zorgen, het komt helemaal goed met je, knulletje. We zijn net aan het trainen. Trek dat kostuum maar uit, dan kan je meedoen.'

In de achtertuin lopen mannen, geheel ontkleed, achter elkaar in een rij.

'Uit dat pak, vent,' zegt Anna, 'dat schept alleen maar verwarring.'

Als hij achter haar aan naar buiten loopt, kijkt Johan tegen haar dikke billen aan. 'Doorlopen en zingen!' roept ze tegen de mannen.

'*O moeder die mij het leven heeft geschonken!*' klinkt het in koor.

'Dat kan blijer, schattebouten!'

Johan kijkt de tuin rond en dan valt zijn oog op een man die helemaal gekleed tegen de heg staat geleund. Zou het een wachter zijn?

'*O moeder die mij het leven heeft geschonken!*' klinkt het nu vrolijk. Maar dan zakt een van de mannen uit de rij op zijn knieën, slaat zijn handen voor zijn gezicht en begint luid te huilen.

'Jullie gaan gewoon door!' roept Anna. Ze slaat een arm om de man heen, troont hem mee naar een grote rieten stoel en neemt hem op schoot.

'Ach, mijn duifje toch.' Ze haalt een van haar grote borsten uit haar schort en de man valt er gulzig op aan. Zijn geslurp klinkt boven het gezang uit.

'Doorgaan!' gebaart ze met wapperende hand tegen de anderen.

144

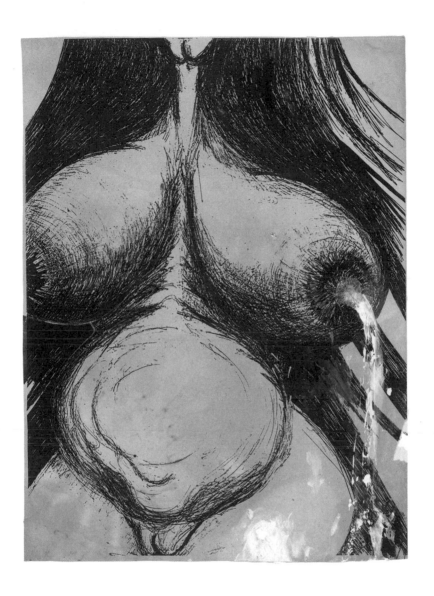

O moeder die mij het leven heeft geschonken!

Johan staat verbaasd over de inzet van de mannen, de overgave waarmee ze zingen. Als de man ophoudt met drinken, zet de voedster hem van haar schoot en geeft hem een klap op zijn kont. Een paar tellen later loopt hij weer in de rij mee.

'Ik zie het al,' zegt Anna hoofdschuddend als ze naar Johan kijkt. 'Je hebt nog steeds je kleren aan. Ga maar bij hem staan, hij heeft zich ook nog nooit blootgegeven.'

Johan loopt de tuin in en neemt plaats naast de man bij de heg.

'Dat doen ze heel aardig, vind je niet?' zegt de man.

'Zeker.'

'Heel inspirerend om te zien.'

'Ja,' antwoordt Johan, 'we boffen dat we hiervan getuige mogen zijn.'

'Ook kunstenaar?'

'Schrijver.'

'Ik ben schilder. Dit is een heel krachtig beeld. Daar kan jij toch ook wel iets moois van maken, neem ik aan. Of niet soms? Ja, in ons vak moet je zo nu en dan gevoed worden.'

'Zo'n cadeautje kunnen we wel gebruiken,' zegt Johan en hij kijkt zijn gesprekspartner onderzoekend aan.

'Ik kom alleen maar even langs, hoor,' zegt de man. 'Ik had hier al zoveel over gelezen. Nu was ik in de buurt, ik denk, Jacob, kom op. Als je nu niet gaat kijken, doe je het nooit, en ik moet zeggen, het stelt me niet teleur. En hoe ben jij hier verzeild geraakt?'

'Zo ongeveer hetzelfde verhaal. Ik had hier ook al veel over gehoord. Mijn roman was af, ik wilde er even tussenuit en vakantie is niks voor mij.'

'O, maar dan is dit helemaal in de roos.'

'Heren!' roept Anna. 'Bravo, jullie hebben goed gewerkt.

146

Bij de meesten van jullie zie ik vorderingen. Ga zo door, zou ik zeggen. Maar nu is het moment aangebroken. Het is tijd voor het ritueel.'

'Ja,' wendt ze zich tot Johan. 'Je hebt geluk dat je juist vandaag hier bent.' Ze kijkt de groep rond en haar blik blijft hangen bij een man met een weelderige baard. Johan schat hem een jaar of zeventig. Zijn gezicht komt hem bekend voor. En ineens herkent hij in de man de componist van wie zijn moeder een groot bewonderaarster was.

De componist loopt een ruimte binnen en gaat naakt achter een piano zitten. Johan loopt met de anderen mee en ze stellen zich op rond de piano. De man begint te spelen. Direct herkent Johan het stuk, het is een van zijn bekendste werken. Om hem heen hoort hij gesnotter.

De zorgzame Anna deelt zakdoeken uit en met een bezwerende stem roept ze tegen de componist: 'Laat het gaan!' en als hij doorspeelt: 'Gooi het eruit!'

Even lijkt het alsof hij erbij gaat declameren, maar hij schudt zijn hoofd. 'Ik kan het niet.'

'Geef niet op!' spoort ze hem aan. 'Heb vertrouwen!'

Vol spanning kijkt iedereen naar de componist. Hij haalt diep adem, zijn mond gaat open, maar dan sluit hij hem weer, stopt met spelen en slaat de piano dicht.

'Je hebt nog één kans,' zegt Anna. 'Grijp hem! Dit is jouw moment. Hier heb je al die tijd naartoe gewerkt.'

De componist staat op en loopt met gebogen hoofd naar de tuin. Iemand moet daar intussen een brandstapel hebben gemaakt. De musicus loopt ernaartoe, strijkt een grote lucifer af en houdt hem bij de takken. Al snel vlamt het vuur op. Iedereen schaart zich zwijgend rond het vuur. Behalve het geknetter van de takken is het doodstil. Alle blikken zijn gericht op de vrouw met het schort, die het huis uit komt met een stapel partituren. Ze gaat voor de componist staan en reikt ze hem aan. Hij pakt ze vast en drukt ze tegen zijn hart.

'Ga door!' moedigt ze hem aan als hij na een paar minuten de partituren nog steeds tegen zich aan gedrukt houdt. Hij haalt diep adem, verzamelt moed en doet dan een stap naar voren tot hij vlak voor het vuur staat.

'Vaarwel, succes, waarin ik me zolang heb gewenteld,' zegt hij met bewogen stem, en werpt dan zijn partituren een voor een in het vuur.

Die vent is gek, denkt Johan, je gaat je eigen werk toch niet in de fik steken? 'Zie je dat?' fluistert hij tegen de schilder.

'Inspirerend, man, neem het in je op, dat doe ik ook. Mijn handen jeuken om te beginnen.'

De ene partituur na de andere verdwijnt in het vuur. Als de hele stapel is verbrand, begint iedereen te klappen.

Dan verschijnt er een bode op een fiets, die tot vlak voor de tuindeur rijdt.

De componist gaat in alleen een hemd achter op de fiets zitten en zo rijden ze weg. Iedereen verdringt zich voor het raam om hem uit te zwaaien. De bode rijdt nog drie ererondjes om het gebouw en dan verdwijnt de componist al zwaaiend uit het zicht. Als Anna een zakdoek uit haar schort haalt om haar tranen weg te vegen, kijkt Johan haar vol ongeloof aan. Ook enkele mannen kunnen hun ogen niet drooghouden. In verwarring richt Johan zich nu tot de schilder. 'Heel inspirerend,' zegt deze. 'Waar of niet?'

De volgende ochtend, na het ontbijt, neemt Anna plaats achter een harp. Haar cursisten beginnen vrij op haar muziek te dansen. Johan staat samen met de schilder tegen de muur geleund. Hij is niet goed in vrij bewegen. De mannen maken wijde soepele bewegingen met hun armen.

'Jullie zijn vogels!' roept Anna terwijl ze doorspeelt. De mannen hippen, sommige springen in het rond en andere maken een pirouette. Ze slaan gracieus met hun vleugels. Het is een heus schouwspel. De een fluit heel mooi en de ander kwettert. Johan prijst zich gelukkig dat hij hier niet aan deel hoeft te nemen: houterig als hij is, zou hij zeker een slecht figuur slaan.

'Heel inspirerend!' De schilder wijst op een man die fluitend rondtrippelt. 'Ik ben blij dat ik hierheen ben gekomen.'

'Zeg dat wel,' zegt Johan. 'Ze kunnen het je wel vertellen, maar zoiets moet je beleven.'

'Anders blijf je het maar uitstellen,' zegt de schilder. 'Je hoeft niet te wachten tot je tijd hebt, want dan lukt het je nooit.'

'Druk druk druk!' beaamt Johan.

Anna gebaart dat de mannen een haag moeten vormen. Ze gaan twee aan twee tegenover elkaar staan. Anna houdt op met spelen, komt naar Johan toe, en pakt zijn hand. 'Eigenlijk is deze beginnersgroep nog een stap te ver voor je,' spreekt ze vol begrip. 'Dat geeft niks, hoor, schattebout. Het komt helemaal goed. Als de mannen zingen: '*een man een held*,' loop jij lichtvoetig door de haag. De gele deur aan het eind van de haag gaat dan vanzelf open. Zodra je die deur door bent, kom je in een lange gang. Je moet rechtdoor lopen. Helemaal aan het eind van de gang tref je drie deuren. Je kiest er een uit. Denk goed na welke je kiest, want als je een deur opent, blijven de andere twee gesloten. Ben je zover?'

Het lijkt hem niet zo ingewikkeld. Hij waardeert het dat

ze zijn terughoudendheid respecteert en hem niet dwingt zich bloot te geven en mee te doen.

'Mannen, nu!' En dan klinkt het uit alle kelen: '*Een man een held een man een held...*'

Johan probeert lichtvoetig op de muziek door de haag te lopen, maar hij mist elk gevoel voor ritme.

'Opnieuw!' zegt Anna, 'zo gaat de deur niet open. Soepel lopen, laat je maar verend door de knieën zakken.'

Ze beginnen weer te zingen. '*Een man een held...*'

Het lukt hem niet. De mannen zijn bijna schor, maar de deur gaat nog steeds niet open.

'Dit heeft geen zin,' zegt Anna. 'Doe jij het maar kruipend.'

Hij kruipt op handen en knieën onder de haag door.

'Veel beter!' roept ze. 'Dat moeten we onthouden, jij bent een heuse kruiper.' Ze maakt een aantekening.

Dit keer gaat de deur wel open en hij kruipt erdoorheen. De deur slaat achter hem dicht. Hij komt inderdaad uit in een lange gang en vraagt zich af of hij moet blijven kruipen. Hij neemt het zekere voor het onzekere en vervolgt zijn weg op handen en voeten.

Na enige tijd ziet hij langs de wand stoelen staan, met daarop een aantal mensen. Ze hebben alleen een hemd aan, met een medaille erop gespeld. Hij groet en kruipt langs. Halverwege de gang ziet hij in de muur een loket met een man in uniform, die een kaartenbak ordent, en die knikt als hij Johan ziet.

'Ik heb helaas nog geen gegevens van u,' zegt hij, 'maar u mag gerust weer lopen, hoor.'

Nu Johan rechtop staat merkt hij hoe laag de gang is. Sommige mensen moeten hun hoofd buigen. De muren hangen vol grote ingelijste foto's van het moeras. Alle foto's zijn vanuit hetzelfde gezichtspunt genomen, maar allemaal op een ander moment van de dag. Hij komt langs kolossale foto's met grauwe wolken boven het moeras, andere, met zwarte deprimerende wolken, en er zijn ook foto's met hevige regenbuien en een bliksemschicht die het moeras verlicht.

Hoe langer hij doorloopt, des te stiller het wordt. Geen loket meer te zien, en hij komt niemand tegen. Na een minuut of vijf begint hij te twijfelen. Is dit wel de bedoeling? Maar Anna zei nadrukkelijk dat hij tot het eind van de gang moest lopen.

Eindelijk ziet Johan de drie deuren. Hij denkt aan de woorden van Anna. Hij moet niet zomaar de eerste de beste deur opendoen, maar goed nadenken welke hij kiest. Hij gaat op zijn gevoel af en opent de middelste deur. Zijn hart slaat over. Het is de strijkkamer van zijn moeder! Na die afschuwelijke gebeurtenis heeft hij hier nooit meer een stap binnen durven zetten.

In de strijkkamer staat een portret van Johan, als kleine jongen. Er liggen boeken en hij herkent de kast met stoffen en de naaidoos. De lijst met de foto van zijn opa en oma, met de barst in het glas. Hij herinnert zich hoe zijn vader de lijst in een woedeaanval kapotgooide. Ineens valt zijn oog op de trapnaaimachine. Zijn maag krimpt ineen. Hoe kan het dat zijn moeder die al die tijd heeft bewaard? Zelfs de strijkbout staat nog op de strijkplank.

Deze ruimte was voor zijn moeder een toevluchtsoord om zich te onttrekken aan het brute geweld van haar man. Het was de enige plek waar hij haar met rust liet, tot op die ene zondagochtend.

Johan voelt weer haar wanhoop, de eenzaamheid en de angst. Zou hij na al die jaren dan toch nog afscheid van haar mogen nemen? Met schaamte denkt hij terug aan de tijd dat hij op kamers woonde en net zijn eerste baan had. Het was een gewoonte geworden elke donderdagavond bij zijn moeder te gaan eten. Het geheim dat ze sinds die bewuste zondag met zich meedroegen, tekende hun relatie. Het was er altijd en het verstilde hun gesprekken. Het maakte hun samenzijn zwaar. Soms was het zo schrijnend dat ze de hele maaltijd zwegen en hij direct na de koffie vertrok. Na het drama hebben ze elkaar nooit meer recht in de ogen durven kijken. Misschien is dat wel de hoogste tol die ze hebben betaald.

In die tijd klaagde zijn moeder al over haar gezondheid. Klachten als vermoeidheid en verhoging deed ze af als griep.

Johan herinnert zich nog precies het hoofdstuk van het verhaal dat hij zat te schrijven. Hij weet zelfs nog de onafgemaakte zin toen ze belde en vertelde dat ze ongeneeslijk ziek was. De uitslag van de scan was onomkeerbaar. Ze leed aan de ziekte van Hodgkin en de kanker was door haar hele lichaam uitgezaaid. De artsen hadden haar naar huis gestuurd met de mededeling dat ze niets meer voor haar konden betekenen.

Het diepe verdriet en de emoties die de naderende dood van zijn moeder bij hem opriep, haakten aan aan hun gezamenlijk geheim. Zoals ze nooit meer een woord gesproken hebben over zijn vaders dood, zo zwegen ze ook over deze aangekondigde dood. Doordat ze over de grote dingen zwegen, konden ze de kleine dingen ook niet meer delen. Het maakte het samenzijn zo ondraaglijk dat Johan het gevoel had dat hij erin stikte. Vanaf dat moment werden de etentjes op de donderdagavond verstoord door zijn aanvallen van hyperventilatie. Zonder uitleg bleef hij voor het eerst na al die jaren op donderdagavond weg.

Voor zichzelf vond hij telkens een excuus waarom hij zijn moeder niet kon bezoeken. Later bedacht hij dat het wellicht uit kwaadheid was. Ze zou doodgaan, en hem alleen met het geheim achterlaten. Hoe vaak heeft hij het na haar dood niet gedacht: was zijn moeder maar kwaad op hem geworden, had ze hem maar opgebeld en de huid volgescholden, maar ze liet niets merken.

Hij had al minstens een maand niets van zich laten horen toen er een brief in zijn bus lag.

Lieve jongen van me,
Ik kan je niet vertellen hoe erg het me spijt dat ik nooit
*   met je over papa's dood heb gepraat.*
Ik realiseer me wat ik jou heb aangedaan.
Ik hoop dat je me kunt vergeven,
Weet dat ik heel veel van je houd,
Mama

Dat ze na haar droevige leven ook nog met een schuldgevoel zou sterven, kon Johan niet verdragen. De volgende dag ging hij direct naar haar toe. Toen er niet werd opengedaan, wist hij dat hij te laat was.

Johan neemt de plek in waar hij die zondagochtend stond. Zijn moeder was verdrietig en hij wilde haar troosten. Vol spanning kijkt hij naar de deur die net als die zondagochtend opengaat. Zij is het! Zijn moeder komt binnen.

153

'Mam!' Hij stapt op haar af en omhelst haar. Hij ruikt weer de geur van haar parfum. 'Mam, hoe gaat het met je?'

'Heel goed, jongen, ik ben zo blij dat je hierheen bent gekomen. Nu kan ik je eindelijk bedanken.'

'Dat hoeft niet, mam, laten we het daar niet meer over hebben. Ik deed het uit liefde voor jou.'

'Je was zo jong.' Zijn moeder streelt door zijn haar. 'Wil je geloven dat ik me nu pas realiseer waarin ik jou heb meegesleept.'

'Daar moet je niet over inzitten. Ik denk er nooit meer aan, dat wil ik ook niet. En je hoeft niet ongerust te zijn, ik heb mijn mond gehouden. Behalve wij tweeën weet niemand ervan.'

'Ik had het je nooit mogen aandoen. Het was veel te belastend.'

'Mam, laten we het over fijne dingen hebben. Het gaat goed met me. Weet je nog dat ik schrijver wilde worden? Het is me gelukt. Ik ben een geliefd schrijver, mam. Mensen staan in de rij voor een handtekening van jouw zoon!'

'Ik weet het, jongen, het is geweldig dat je succes hebt, maar dat verandert niets aan wat ik jou heb aangedaan.'

'Mam, er is niets om je schuldig over te voelen.'

'Het moet ondraaglijk voor je zijn geweest.' Ze streelt opnieuw door zijn haar. 'Ik voel me zo schuldig.'

'Ik ben je juist dankbaar. Mijn creativiteit heb ik van jou. Weet je nog hoe mooi je kon tekenen?'

Hij ziet haar blik naar de strijkbout gaan. 'Nee, mam, ga daar weg!' Hij gaat er met zijn rug voor staan. 'Je mag hier nooit meer naar kijken, hoor je me, mam, nooit meer.' Hij wil de bout pakken en wegsmijten, maar op dat moment gaat er een sirene af. Heeft hij iets miszegd? Waarom is zijn moeder ineens verdwenen? Hij roept haar, maar ze komt niet meer terug. Ze kan ook niet terugkomen, want de deur is er niet meer. Ook de strijkkamer is verdwenen. Ontzet staat Johan in een kale ruimte als de bode binnenkomt. 'U wordt verwacht.'

Misschien had ik mijn excuus moeten aanbieden, denkt Johan als hij achter de bode aan door de lange gang loopt. Waarom heeft hij niet tegen zijn moeder gezegd dat het hem spijt dat hij haar in de steek heeft gelaten. Al die jaren heeft hij er al last van dat hij toen niet meer voor haar heeft gedaan. Dit was zijn kans. Ze stond nota bene voor hem! Hij slikt zijn tranen weg.

Ze lopen langs het loket en de lokettist wenkt hem. 'Er wordt heel hard aan gewerkt,' zegt hij, 'maar we hebben nog één vraagje voor u.'

'Helaas, daar is geen tijd voor,' zegt de bode en hij trekt hem mee. Bij de stoelen gaat hij rechtsaf een marmeren trap af die er eerder niet was.

Het trappenhuis wordt door tl-buizen helverlicht. Hij groet in het voorbijgaan de schoonmakers die met rammelende emmers de trap op komen. Op de muren langs de trap hangen tekeningen en schilderijen. De kleuren vindt hij mooi, maar wat de afbeeldingen voorstellen, kan hij niet ontdekken.

'Het zijn zelfportretten van de mensen die hier verblijven,' zegt de bode.

De trap leidt hen steeds dieper het gebouw in. Ineens blijft de bode staan. 'Ik wist dat uw zelfportret hier ergens moest hangen.' En hij wijst een schilderij aan.

Johan kan zich niet herinneren dat hij dit ooit heeft geschilderd. Hij herkent zichzelf helemaal niet.

Ze moeten inmiddels meters onder de grond zijn en er lij-

*Hij ziet haar blik naar de
strijkbout gaan.*

ken nog steeds nieuwe treden te ontstaan. Uiteindelijk komt de trap uit in een helverlichte vierkante ruimte, met tegen de stenen muren vitrines vol bekers, oorkondes, ridderorden, vaantjes, medailles, diploma's en trofeeën.

'U moet niet denken dat u deze prijzen kunt winnen,' zegt de bode die naast hem voor de vitrine staat. 'Ze zijn ons geschonken door mensen die afstand hebben gedaan van hun bekroningen.'

Wat kijk je me nou aan? denkt Johan. Is het soms de bedoeling dat ik mijn prijzen ook inlever?

De bode kijkt op de klok die boven een deur hangt. 'U bent gelukkig op tijd. Aan wachten heeft men hier een hekel.'

Ik moet zeker optreden, denkt Johan. Helaas zal hij het publiek moeten teleurstellen, hij kan onmogelijk voorlezen. Zijn boek heeft hij net als zijn kleren in het kasteel moeten achterlaten. Maar hij heeft inmiddels genoeg ervaring om er een interessante lezing van te maken.

De bode houdt de deur voor hem open en zegt: 'Succes!'

Gelukkig is Johan gewend grote ruimtes binnen te gaan. Hij bereidt zich al voor op een applaus. Vol verwachting stapt hij de immens grote witte ruimte in, maar tot zijn verbazing is er niemand. Zou hij dan toch te laat zijn? Dit moet op een misverstand berusten. Hij draait zich om en wil de bode terugroepen, maar hij ziet nergens een deur. Hij kijkt de ruimte rond, er is niet eens een raam om door naar buiten te gaan. Er is geen enkele mogelijkheid om weg te komen. Wat zijn ze met hem van plan? Misschien hebben ze geen kwade bedoelingen, maar stel je voor dat ze hem vergeten. Hij zit meters onder de grond, hij kan roepen wat hij wil, maar niemand zal hem horen.

Dan valt zijn oog op drie knoppen, die uit de muur steken.

Ze zijn genummerd. Hij piekert er niet over om lukraak een knop in te drukken zonder te weten waarvoor hij is. Het lampje van de knop met het cijfer 1 begint te knipperen. Zou hij de gok wagen? Behalve dat het lampje knippert, geeft het nu ook een sireneachtig signaal af dat steeds luider wordt.

Op het moment dat hij de knop indrukt, rijdt er een kappersstoel naar het midden van de ruimte. Net als Johan zich afvraagt waar het ding zo plotseling vandaan komt, staat er al een kapper naast met een glimlach op zijn gezicht.

'U bent aan de beurt,' zegt hij beleefd, 'neemt u plaats.' Hij is zo overrompeld dat hij doet wat de kapper vraagt.

'Scheerzeep,' mompelt de kapper. De man heeft het al in zijn hand. Hij is amper klaar met inzepen als hij een scheermes te pakken heeft. Hij scheert zijn stoppels en daarna begint hij te knippen. Hij knipt stevig door, Johans halve haardos valt op de grond. Een paar tellen later voelt hij de tondeuse over zijn achterhoofd gaan. Hij heeft mijn hele kop kaalgeknipt, denkt Johan geschrokken als de kapper zijn hoofd met lotion insmeert. De kapper houdt hem een spiegel voor. 'Tevreden?' vraagt hij.

Johan springt ontzet op. Wat ziet hij eruit met die kale kop! 'Ik herken mezelf niet,' zegt hij. Maar de kapper is al verdwenen. De stoel, het gereedschap, de berg haar, er is niets meer van te zien.

Nu begint lampje nummer 2 te flikkeren. Hij heeft eigenlijk meer zin om op de laatste knop te drukken, maar dat blijkt geen enkel effect te hebben. Hij moet knop 2 nu wel indrukken, want er komt een oorverdovend alarm uit.

Johan heeft zijn hand nog op de knop als er al een oude vrouw naast hem staat. 'Blijft u maar rustig staan,' zegt ze en ze begint hem uit te kleden. Het doet hem denken aan de carrièrevrouw, maar deze dame is te oud om zich nog voort te planten. Ze pakt een centimeter uit de lucht en meet zijn armen en zijn rug. Als ze daarmee klaar is, legt ze de centimeter om zijn taille en daarna meet ze zittend op haar knieën zijn benen en de hoogte van zijn kruis.

Even later staat er een doos vol strengen witte wol naast hen. Hij moet zijn armen ophouden met zijn handen uit elkaar, zodat de streng eromheen past. De vrouw trekt een draad uit de streng en windt hem op tot een enorme bol. Pas als de bol wol tot haar middel reikt, glijdt de draad van zijn handen. En dan staat daar plotseling een stoel. Ze gaat zitten, pakt twee breipennen uit de lucht en begint op haar dooie gemak te breien. Terwijl hij luistert naar het getik van de pennen staat hij daar – volkomen naakt – te rillen.

'Wat breit u?' vraagt hij beleefd.

'Lieve jongen, praten en breien gaan niet samen,' zegt ze en ze breit door.

Een aantal uren later stapt hij in een witte gebreide overall. In elk geval beter dan dat potsierlijke feestkostuum, denkt hij. Hij wil de vrouw bedanken, maar net als de kapper is ze spoorloos verdwenen.

Hij kijkt naar de derde knop, die inmiddels een angstaanjagend getik voortbrengt, en Johan besluit ervan af te blijven. Straks ontploft er iets, of blaast hij zichzelf op. Hij wacht uren en uren. Van vermoeidheid valt hij op de grond in slaap. Hij weet niet eens of het dag is of nacht als hij wakker wordt. Aan zijn maag en zijn droge tong te voelen is er minstens een etmaal verstreken. Hoe lang houdt hij dit nog vol zonder eten en drinken? Hij kijkt angstig om zich heen. Wat een afschuwelijk idee om hier dood te moeten gaan. Hij heeft zich nog nooit zo eenzaam gevoeld. Hij had deze zaal nooit binnen moeten gaan. Het spijt me, had hij moeten zeggen, dan zit er maar een zaal vol mensen te wachten, verzin maar iets anders, ik doe geen lezingen meer. Ik wil niet meer door mijn carrière worden geleefd. Maar hij rook het succes, en heeft zich voor de zoveelste keer door zijn ijdelheid laten misleiden.

Hij kijkt naar de knop, die nog steeds tikt. Wat heeft hij te verliezen, als hij niets doet, sterft hij ook. Hij gaat ervoor staan, haalt diep adem en drukt hem in. Voor zijn neus verschijnt een groep mannen en vrouwen met een kaal hoofd en in een witte gebreide overall. 'WELKOM IN JE NIEUWE GROEP!' staat er in neonletters op de muur.

Een paar minuten eerder dacht hij nog dat hij eenzaam in deze zaal zou sterven. Johan zou opgelucht moeten zijn dat het toch nog goed is afgelopen, maar ieder gevoel van blijdschap is verdwenen. Hij staat er net zo futloos bij als de rest van de groep. Hij is niet somber, hij voelt helemaal niets. Zo lamgeslagen heeft hij zich nog nooit gevoeld, zelfs niet toen hij depressief was. Nee, Johan is niet dood, maar zo ervaart hij het wel. Alsof hij geen deel meer uitmaakt van het leven. Een toeschouwer, ja, zo beleeft hij de wereld om zich heen, als een toeschouwer. De andere groepsleden staan daar ook maar, afwachtend. Niemand stelt zich voor. Niemand lijkt zich voor hem te interesseren.

Hij hoort een klik, alsof er ergens een microfoon wordt aangesloten. Een stem test de microfoon. 'Tik tik, one, two... nee, hè!' klinkt een vrouwenstem. 'Dat rotding is weer niet goed afgesteld. Zo kan ik niet werken. Nou ja, zo dan maar,' verzucht ze. 'Attentie attentie!' galmt de stem te hard door de ruimte. 'Er is een nieuw lid, ga om hem heen staan en heet hem welkom.' De groep vormt een kring rond Johan. 'Oogappel,' zegt ze als het stil blijft, 'heet hem welkom.' De microfoon piept. Een kleine dunne man doet een paar stappen naar voren. 'Ik heet je welkom.' 'Stuk Verdriet, jij bent.' Een voor een worden ze op die manier aangesproken.

'Vorm een rij,' galmt de stem dan, 'en loop hand in hand, achter elkaar in een lange sliert door de ruimte.' Johan sluit de rij. 'Spreek om de beurt een woord uit dat je herinnert aan iets dierbaars,' is de volgende opdracht.

'Loterij!' wordt er geroepen. 'Promotie...'

'Stilte!' roept ze. 'Ik wil een emotie horen.'

Johan vindt het ook lastig en hij denkt aan Vevina, die hij vreselijk mist. 'Liefde!' roept hij. De anderen laten van schrik hun hand los en duiken in elkaar.

'Hoor ik het goed?' vraagt de stem. 'Zei u "liefde"?'

'Ja,' antwoordt Johan.

'Dan zit u hier volkomen fout,' klinkt het schel door de ruimte. 'Ik snap niet waarom ze u in deze groep hebben geplaatst. U geeft zich nu al bloot, en u bent hier nog geen uur. Deze groep loopt mijlen op u achter. U hoorde net zelf waar die lamstralen mee aankwamen. En ze zitten hier al jaren. Er zit geen enkele vooruitgang in. Vraag me niet wat ik met dit stelletje onbenullen aanmoet, want dat weet ik ook niet. Wie heeft u deze groep in Godsnaam aangeraden?' roept ze. 'Zeker weer die trut met die dikke reet. Die vrouw hadden ze nooit moeten aanstellen. Ik heb ze nog zo gewaarschuwd. Elke keer sta ik weer voor verrassingen door dat geval. Het is altijd hetzelfde liedje, wat ik ook tegen haar zeg, het haalt niets uit. Wat moet u nou bij dit stelletje stakkers, neem me niet kwalijk, maar ik heb er geen ander woord voor. Ik kan zo toch niet werken, hier krijg ik een burn-out van. Het spijt me, maar ik moet het even kwijt, anders krop ik het maar op. U bent de verrassing van mijn leven. U zegt zomaar *liefde*, u hebt talent om tot bloei te komen, wat ik u zeg.' De microfoon kraakt vervaarlijk. 'U bloeit al. Ik kan hier in deze groep niets voor u betekenen terwijl dat toch de reden is dat u hier bent, neem ik aan, u wilt zich ontplooien. U verdient beter, veel beter. O, de microfoon knippert, ik hoop niet dat hij uitvalt. Ook zoiets, je mag toch verwachten...' Ze horen alleen nog een piep. Het blijft stil, maar dan komt de stem terug. '... allemaal voor doet. Ik laat u niet vallen, u hoort van ons. U hoort absoluut van ons. Maar ik hoop dat u even geduld hebt. Het vraagt tijd. Alles slurpt hier tijd. Het moet er allemaal naast, ziet u. U kan toch niet van mij verlangen dat ik ook nog eens 's nachts doorwerk. Dat zouden ze wel willen, maar daar pas ik voor. Au, een steek, ik had de laatste dagen al zo'n druk op mijn borst, maar nu steekt het. Dat is niet goed, maar ja, ik ben niet iemand die voor elk wissewasje naar de dokter rent. Het zal wel weer overgaan, alles gaat op den duur over, zullen we maar zeggen. Pfff... een momentje hoor.' Half piepend praat ze verder. 'Het geval van u dus... Au! Mijn borst!' Ze horen een klap en daarna gestommel. 'Als het nou een uitzondering was...' Even blijft het stil. Weer gehijg. 'Plenty van dit soort gevallen,' klinkt het benauwd. 'Maar ik wil niet dat u daar de dupe van wordt.'

Het blijft stil, er klinkt gerochel en daarna een verstikkende hoestbui. Johan weet niet waar ze zich bevindt, maar het gaat niet goed met haar. 'Het is een managementkwestie,' gaat ze door. 'Dat stelletje dat deze kliniek heeft overgenomen, heeft geen hart voor de za... maar wat aan, er zit geen... beleid achter.' Ze piept, weer een rochel. Ze horen haar hoesten.

'Bent u er nog?' roept hij geschrokken.

'Jaag me niet op,' klinkt het zwakjes. 'Ik heb u gezegd, u moet geduld hebben. Lucht!' klinkt het benauwd. 'Ik krijg geen lucht...!' Een rochel en het is stil. Johan luistert gespannen. Als hij niets meer hoort, denkt hij: ze heeft hulp nodig! De knoppen! Misschien weet de kapper raad.

Hij kijkt naar de muur, maar de knoppen zijn er niet meer. Hij weet niet wat hij moet beginnen. Twee vrouwen lopen onrustig door de ruimte. Waarom horen ze niets meer? Het blijft maar stil en Johan vreest het ergste. Het moet niet veel langer duren voor er hulp komt, anders is het hoogstwaarschijnlijk te laat.

Na een lange tijd komt de bode binnen, en Johan vraagt: 'Is ze... is ze dood? Ik bedoel, de stem, de vrouw die bij de stem hoort.'

'Ik kom u halen,' zegt de bode vriendelijk. 'U hebt nog twee deuren te gaan.'

'U kent de weg,' zegt de bode als ze weer boven aan de trap staan.

'Die vrouw heeft hulp nodig,' probeert Johan nog een keer.

'Succes,' en weg is de bode.

Johan denkt aan de man achter het loket. Misschien dat hij weet waar de vrouw zich bevindt. Hij versnelt zijn pas.

'Neem me niet kwalijk,' zegt hij als hij voor het loket staat, 'maar de vrouw die ons toesprak in de grote zaal in de kelder is onwel geworden.'

'We hebben nog steeds geen gegevens van u gevonden,' zegt de man onverstoorbaar. 'Ik garandeer u, er wordt aan gewerkt, maar tot nu toe zonder resultaat.'

'Het gaat nu niet om mij,' zegt hij. 'Het betreft...'

164

'Meneer, er is niets over u bekend.' En het raampje van het loket wordt dichtgeschoven.

Hij loopt door, in gedachten bij de onfortuinlijke vrouw. Niemand doet iets. Ze hadden hem daar ook dood kunnen laten gaan. Nu realiseert hij zich opeens hoeveel geluk hij heeft gehad. Hij komt weer langs de foto's van het moeras. Ze lijken iets minder somber.

Aan het eind van de gang zijn nog een paar ongeopende deuren. Achter een daarvan moet zijn vader zich bevinden. Johan vreest de confrontatie en daarom besluit hij een van de deuren open te doen en pas naar binnen te gaan als hij zeker weet wie erachter zit. Mocht het zijn vader zijn, dan doet hij de deur onmiddellijk weer dicht. Hij houdt zijn hand op de kruk van de linkerdeur, maar hij had net zo goed voor de rechter kunnen kiezen. Heel voorzichtig duwt hij de deur een stukje open.

Niet zijn vader, maar zijn oma staat daar, in haar tuin bij de vijver. Hij snuift de vertrouwde geur op van de tuin, waaraan hij zulke dierbare, ontroerende herinneringen heeft. Hoe vaak is hij vroeger niet overstuur door het geweld thuis bij zijn grootouders aangekomen?

'Ach, jochie,' zei zijn oma dan, en nam hem op schoot. Terwijl hij snikte, streelde ze door zijn haar en kuste zijn voorhoofd. Hij hoefde nooit te vertellen wat er thuis aan de hand was. Juist doordat zijn grootouders nergens naar vroegen, durfde hij keer op keer bij hen te schuilen. Zijn oma stelde zijn moeder op de hoogte en ook 's nachts mocht hij dan blijven. Boven in het huis had hij zijn eigen kamertje, waar hij sliep in het bed dat zijn opa speciaal voor hem had getimmerd. Ze hadden het samen geverfd, net als de rest van de kamer. Boven het bed hing een leeslampje.

Niet zijn vader, maar zijn oma staat daar, in haar tuin bij de vijver.

Het mooiste vond hij de foto van zijn oma op het bureau. Daarop hield ze hem vast, een paar uur nadat hij was geboren, en de zachte blik waarmee ze naar haar kleinzoon keek, verwarmde zijn hart. Bij opa en oma mocht de deur van zijn slaapkamer openblijven. Als zij naar bed gingen, werd hij soms wakker en dan hoorde hij ze zachtjes praten. Hun stemmen zo vertrouwd en liefdevol dat hij met een glimlach op zijn gezicht in slaap viel.

Achter in de tuin staat het tuinhuis van zijn opa, met het koord met gekleurde Tibetaanse vlaggetjes boven de deur. 'Het betekent dat hier vrede is jongen,' zei zijn opa toen hij ze ophing. 'Deze vlaggetjes houden het geweld buiten. Als jij hier bent, ben je altijd veilig.' Hij knipte er een vlaggetje af en gaf het aan Johan mee.

Als hij thuis 's nachts weer eens wakker werd van ruzie tussen zijn ouders, haalde hij het vlaggetje onder zijn matras vandaan en hield het dicht tegen zich aan zodat hij weer rustig werd.

Het tuinhuis waar zijn opa studeerde, stond vol boeken. Johan herinnert zich hoe trots hij was toen zijn opa hem oud genoeg vond om hem voor te lezen uit een van zijn lievelingsboeken. Hij was pas tien, maar hij luisterde aandachtig naar de mythen, die zijn vader zo verfoeide, maar die zijn hart openden. Zijn leven veranderde voorgoed toen hij voor het eerst de woorden hoorde: *Niet alles is wat het lijkt.*

Nu voert zijn oma de vissen in de kleine vijver. Zó rustig werd hij altijd als hij haar daarbij mocht helpen.

'Oma!' roept hij verheugd.

Ze kijkt op als Johan de tuin in loopt en zegt: 'Ik wist dat je zou komen.'

Hij zou naar haar toe moeten gaan om te zeggen hoe hij

haar heeft gemist. Maar hij blijft staan bij de plek waar hij ooit een kastanje in de grond heeft gestopt en nu een heuse kastanjeboom staat.

'Ik verloor niet alleen mijn zoon, maar ook mijn kleinzoon,' zegt zijn oma. Johan wil niet praten over wat er die bewuste zondagochtend is gebeurd. Hij heeft het al zoveel jaar weggestopt.

'U weet toch dat ik niet meer naar jullie toe mocht toen papa erachter was gekomen dat opa mij een boek met mythologische verhalen had gegeven?'

'Dat was al verdrietig genoeg,' zegt zijn oma. 'Maar ik heb het over een andere periode, nadat je vader het leven had gelaten. Hoe verdrietig het ook was, zijn dood maakte de weg voor jou vrij. Je wist hoeveel ik van je hield en dat je op elk moment welkom was. Er was geen enkele reden om bij me weg te blijven.'

'Ik durfde niet naar u toe,' zegt hij. 'Ik kon uw verdriet niet aanzien.'

'Ik heb je regelmatig geschreven, maar ik kreeg nooit antwoord.'

Johan voelt dat hij kleurt. Natuurlijk had hij toen niets liever gedaan dan haar brieven beantwoorden, hij had haar op dat moment juist heel hard nodig. Maar hij durfde niet, uit angst dat hij zich zou verspreken en zijn moeder zou worden gestraft.

'Het spijt me dat ik u in de steek heb gelaten,' zegt hij.

'Nu komt het allemaal goed,' zegt zijn oma en ze pakt zijn hand. 'Opa was vannacht bij me, in mijn droom. Hij vertelde dat jij zou komen en dat je mij de ware toedracht van je vaders dood zou toevertrouwen.'

168

Zijn opa wist het dus. Zou hij het al die tijd hebben geweten? Sporen van pijn op het gezicht van de oude vrouw, die het verlies van zijn vader en van hemzelf hebben achtergelaten. Johan wil die pijn zo graag verzachten, maar hij denkt aan zijn moeder. Ook al leeft ze niet meer, hij heeft zichzelf bezworen er nooit met iemand over te praten.

'Papa is met zijn hoofd tegen de naaimachine gevallen,' zegt hij. 'Dat is de waarheid.' Beschaamd slaat hij zijn ogen neer. Hij voelt dat zijn oma zijn hand loslaat, en als hij opkijkt is ze verdwenen.

Nooit eerder was de tuin zo leeg. Dit was zijn kans om goed te maken wat hij haar heeft aangedaan. Hij had haar in vertrouwen moeten nemen en de waarheid moeten vertellen. In plaats daarvan heeft hij haar glashard voorgelogen.

'Oma!' roept hij. 'Oma kom terug!'

Langzaam vervaagt het beeld van de tuin.

Johan schrikt op van de bode die hem op de schouder tikt. 'U wordt bij het loket verwacht.' Hij kijkt de man verward aan.

'Waarschijnlijk hebben ze een belangrijke aanwijzing voor u. U kent de weg!'

Gewillig loopt Johan naar het loket. Zouden ze er dan eindelijk achter zijn dat hij *de schrijver* is? Hij kan niet bedenken wat ze hem anders te zeggen hebben. Mocht zijn vermoeden juist zijn, dan kan hij hier eindelijk weg.

Als Johan bij het loket komt, blijkt er een lange rij te staan.

'Achteraan aansluiten!' roept een man, in enkel een hemd, met een medaille erop gespeld.

Tussen een groep naakte mensen staat de schilder, geheel gekleed. Het valt Johan op dat hij blote voeten heeft.

169

'Hoe gaat het?' Johan blijft staan.

De schilder lacht verlegen, een beetje beschaamd zelfs. 'U hebt thuis zeker een kunstwerk van mij aan de muur hangen. Sorry dat ik niet meteen weet wie u bent, maar ik zie zoveel mensen. Alleen al die kunstmarkten waar ik sta. Laat me denken. Ja, nu weet ik het weer. U hebt een van mijn lievelingsschilderijen gekocht. Ik heb het nota bene zelf bij u opgehangen. U hebt geluk gehad, hoor, na die tijd heb ik er nog zoveel vraag naar gehad. Ik had het dubbele kunnen vangen. Maar het is goed terechtgekomen, daar gaat het om.'

'Het is een misverstand,' probeert Johan tegen beter weten in. 'Ik heb u hier ontmoet, we zaten bij dezelfde groep, weet u nog?'

'Dezelfde groep? Kunt u me een handje helpen?'

'Ik ben de schrijver.'

'Bent u de schrijver over wie iedereen praat?'

'Inderdaad,' zegt hij trots. Ze hebben dus eindelijk ontdekt wie hij is.

'Er staat u wel iets groots te wachten hè?' zegt de schilder. 'Iedereen was razend nieuwsgierig toen we dat hoorden. Maar ze laten niets los. Het moet een verrassing blijven. Ik ben blij dat ik u hier tref, vertel op. Wat gaat er gebeuren? Eindelijk heb ik eens een primeur!'

'Ah, daar bent u,' zegt de man achter het loket. 'We hebben goed nieuws voor u. We zijn iets op het spoor gekomen waaruit u wellicht kunt opmaken wie u bent. Het bevindt zich achter de laatste deur. Volgende!'

Ruw wordt Johan opzijgeduwd. Het spoor bevindt zich dus achter de laatste deur. Terwijl hij door de gang loopt, bekruipt hem de angst. Het kan niet anders of daarbinnen zit zijn vader.

'Ik kan niet naar binnen,' zegt hij beslist tegen de bode die met hem meeloopt. 'Het gaat gewoon niet, dat mag u me niet aandoen.'

'Geen enkel probleem,' zegt de bode vriendelijk. 'U hoeft hier helemaal niets. Alles wat u hier doet of onderneemt gebeurt uit vrije wil. Als u niet naar binnen wilt, dan moet u het vooral niet doen. U mag hier blijven zolang u wilt.'

'Wilt u mij alstublieft terugbrengen naar de groep?' vraagt Johan.

'Ik wou dat het kon,' zegt de bode. 'Er is hier helaas geen weg terug. Maar maakt u het zich vooral gemakkelijk. En als het u maar aan iets ontbreekt, laat het me weten.'

Zo hectisch als het een aantal uren geleden in de gang was, zo uitgestorven is het nu. Johan hoopt dat ze hem bij het loket kunnen vertellen waar hij zijn groep kan vinden. Na een minuut of tien blijft hij staan. Hij had allang bij het loket moeten zijn. Hij moet er al voorbij zijn, maar als hij zich omdraait, is er nergens meer een loket te bekennen. Hij loopt door tot het eind van de steeds smaller wordende gang.

Uiteindelijk besluit hij de trap naar de kelder te nemen, misschien heeft hij geluk en staat de deur naar de zaal open. Maar die trap is er ook niet meer, en voor de doorgang die ooit in verbinding stond met de gele deur staat nu een muur. Hij zit verdomme opgesloten! Aarzelend loopt hij terug.

De deur van het laatste kamertje zit nog steeds dicht. Hij zit werkelijk gevangen! In zijn hoofd hoort hij de woorden van de bode. 'U hoeft hier niets.' Maar op deze manier wordt hij wel gedwongen door de deur te gaan. Ze willen zeker dat hij in handen valt van zijn vader.

Hij gaat tegenover de deur zitten, met zijn rug tegen de

Hij gaat tegenover de deur zitten, met zijn rug tegen de muur.

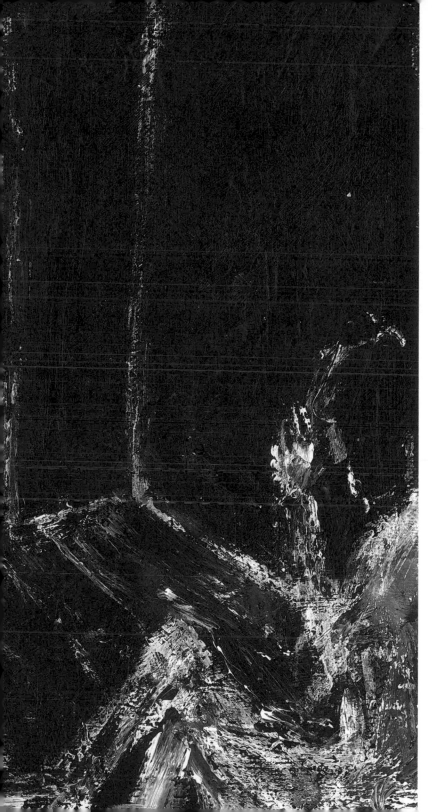

muur. Veel slaap heeft hij de laatste tijd niet gehad. Hij moet nu niet willen weten hoe het verder moet. Hij is veel te moe om de juiste beslissing te nemen. Als hij de benarde situatie waarin hij verkeert toelaat, dan raakt hij nog in paniek ook. Het is verstandiger dat hij zichzelf wat slaap gunt. Vermoeid legt Johan zijn hoofd tegen de muur te rusten.

'Voor mijn zus, die me zo heeft gesteund toen Jacob mij verliet.'
Terwijl Johan het boek aanpakt, legt hij het open.
'Hier graag.' De vrouw buigt naar voren en wijst waar hij de tekst moet schrijven. Hij geeft het boek terug en kijkt haar even aan. 'Dank u wel,' zegt ze en ze verlaat stralend de rij.
'Voor Thomas, mijn grote liefde. Mag ik u iets vragen?' zegt een dertiger.
'Daar is geen tijd voor,' beslist zijn redacteur nog voordat hij antwoord kan geven. Hij legt het volgende boek al voor hem open.
'Voor oma Coby, waar ik zoveel van hou... U schrijft prachtige boeken, ik kijk nu al uit naar uw nieuwe roman.'
'Gaat lekker zo, hè?' zegt zijn uitgever, die de boekwinkel in komt. 'Ze staan tot om de hoek.'
'Voor Marjolijn.'
'Met een lange of een korte ij?'
'O, dat weet ik niet meer, doet u maar een korte.'
'Ik heb u niet verstaan,' zegt hij tegen een wat oudere dame.
'Voor mijn nicht Henriette,' zegt ze. 'Ze krijgt uw boek van mij voor haar zevenentwintigste verjaardag. Ze is namelijk een grote fan van u.'
'Deze boeken leg ik vast neer,' zegt de boekhandelaar, die

met een stapel boeken aan komt. 'Allemaal klanten die niet zelf kunnen komen.' En hij legt de exemplaren met briefjes ertussen op de tafel.

De oude dame kijkt hem aan. 'Voor Henriette, mijn nicht, weet u nog?'

'Dit gaan we zo niet redden voor sluitingstijd, kerel. Sorry, vanaf nu alleen nog handtekeningen!' roept Berend.

Johan wil net zijn handtekening zetten als hij een microfoon onder zijn neus geduwd krijgt.

'Radio 1, zou ik u tussendoor iets mogen vragen? Er staan heel wat fans in de rij, wat betekent dat voor u?'

'Ja, dat is geweldig, natuurlijk,' zegt hij terwijl hij doorschrijft.

'Het boek dat u signeert staat al ruim een jaar hoog in de bestsellerlijst, hoe verklaart u dat?'

'Tja, feeling met mijn lezers.'

'En wat kunnen we na dit boek verwachten? Want uw uitgever vertelde dat er alweer een nieuwe roman op stapel staat.'

'Er staat helemaal niks op stapel,' zegt hij. 'Daar gaan ze gewoon vanuit, maar ik zit muurvast. Al maanden zit ik mezelf elke dag te kwellen achter mijn bureau.' Zonder dat hij er erg in heeft, is Johan steeds harder gaan praten. 'Ik krijg geen letter op papier. Misschien is het wel voorgoed voorbij. Al die verwachtingen maken me doodziek, weet u dat? Laat me met rust!'

Badend in het zweet wordt hij wakker van zijn eigen geschreeuw.

Ziet hij het goed? Staat de deur tegenover hem op een kier? Meteen is Johan klaarwakker. Zou zijn vader de deur zelf hebben opengezet? Straks komt hij naar buiten. Waar moet hij heen? Hij zit in de val! Is zijn vader daar nog, of loopt hij al ergens in de gang? Johan heeft het gevoel dat hij elk moment voor hem kan staan. Hij durft niet eens overeind te komen en kruipt naar de deur.

Iemand kucht. Zijn vader moet daarbinnen zijn! Met ingehouden adem gluurt hij door de spleet van de deur. Zijn hart bonkt in zijn keel. Er zit iemand met de rug naar hem toe, maar het is niet zijn vader. Hij zit achter een bureau. Johan herkent het pennenbakje en de stapel schrijfpapier en de agenda. Nu herkent hij ook de uitpuilende boekenkast en het schilderij aan de muur.

Het is zijn eigen kamer! De ruimte staat blauw van de rook! Wat moet die vent in zijn kamer? Resoluut komt Johan nu overeind en doet een paar stappen zijn kamer in.

'Wat doet u hier, in mijn werkkamer?' De figuur draait zich om en dan herkent hij Lucas. Zijn mond valt open. 'Je rookt! En aan de asbak te zien is dit niet je eerste sigaret.' Lucas drukt zijn sigaret uit. Het valt Johan op dat Lucas er lang niet meer zo florissant uitziet.

'Je vond mij een slappeling omdat ik weer was gaan roken, weet je nog?'

'Jouw onverantwoordelijke gedrag heeft me tot roken aangezet,' zegt Lucas. Hij legt zijn hoofd in zijn handen. Zo moedeloos heeft Johan hem niet eerder gezien. Het zou makkelijker zijn als Lucas hem zijn wil zou opleggen, dan kon hij daartegen ingaan. Maar de intense wanhoop van deze Lucas maakt Johan onzeker.

'Ik heb het opgegeven,' zegt Lucas. 'Je luistert niet meer naar me, ik heb geen grip meer op je. Hoe moet het verder met ons? Je hebt me in de steek gelaten. Je hebt me met een volle zaal laten zitten. Je bent er gewoon vandoor gegaan. Ik draai overal voor op. Waar heb je al die tijd uitgehangen? Ik heb alles alleen moeten doen. Niet alleen de tournee, maar daarnaast heb ik ook nog de pers te woord moeten staan. En ik heb in alle tv-programma's moeten optreden die jij had toegezegd.'

'Het spijt me.' Johan loopt naar hem toe en legt een hand op zijn schouder. 'Het is ook je eigen schuld, jij stond erop dat de tournee doorging.'

'Ik bedoelde wel *samen*.' Lucas pakt zijn hand. 'Je mag me niet meer in de steek laten. Ik heb je nodig.'

Voor het eerst voelt Johan warmte voor Lucas. Hij is opgelucht dat Lucas nu ook zelf heeft ondervonden dat het veel te zwaar is en begrijpt dat Johan niet voor niets de tournee wilde annuleren.

Zolang dat verlangen naar succes er was, had Johan alleen maar aan de mooie kant gedacht zonder te beseffen hoe het is om aan alle verwachtingen te voldoen. Hij had geen idee hoe het was om geleefd te worden en zichzelf zo te verliezen. Roem en succes zijn verslavend, je hebt nooit genoeg en wilt altijd meer.

Lucas kijkt hem aan. Zijn blik is zachter geworden.

'Laten we een streep zetten onder wat er is gebeurd. Je bent teruggekomen, dat is het belangrijkste. Vanaf nu gaan we er weer samen voor.'

'Ik heb je dan wel in de steek gelaten,' zegt hij, 'maar het is niet voor niets geweest. Ik heb er wel van geleerd: succes heeft geen gewicht. Het gaat er niet om wát je bent, maar wíé je bent.'

'Juist!' roept Lucas blij uit. 'Zo mag ik het horen. Jij bent

Johan van Tongeren, de auteur die door het hele land mag optreden. De schrijver die waanzinnig veel boeken heeft verkocht. Je wil niet weten hoeveel handtekeningen ik tijdens de tournee heb gezet. Maar dat mag je nu weer zelf gaan doen. Trek dat malle gebreide pak uit, neem een bad en stap naast me in de auto. We worden om zeven uur in Leeuwarden verwacht.'

'Nee, Lucas,' zegt Johan volkomen rustig, 'de tournee moet stoppen. Het gaat om ons, anders gaan we er alle twee aan onderdoor. Jij ook, ik zie toch hoeveel het van je heeft gevergd.'

'Ik ben ook moe,' zegt Lucas, 'maar wat je begint moet je afmaken.'

'Niet ten koste van alles!' Eigenlijk wil hij nog meer zeggen, maar Lucas loopt naar de kapstok en trekt zijn jas aan, pakt de aktetas die Johan tijdens zijn lezingen altijd bij zich heeft en loopt de deur uit. In zijn kielzog verdwijnen het bureau en de boekenkast en opnieuw staat Johan in een lege ruimte.

Er wordt op de deur geklopt.

'Het is de hoogste tijd,' zegt de bode. 'U gaat ons verlaten. Uw bezoek was ons een waar genoegen.' Hij gaat Johan voor door de gang. Na enkele tientallen meters opent hij met een sleutel een deur en dan staan ze buiten. Volkomen vanzelfsprekend doet de bode het hek voor Johan open.

'Als u hier wacht, wordt u straks opgehaald. Het kan even duren, maar alles komt goed. Nou, dan neem ik afscheid van u.' Vriendelijk schudt de bode Johan de hand.

5

Geen moeras, maar zwarte omgeploegde akkers. Nergens ziet Johan een huis, een boerderij, of andere tekenen van bewoning. Er zijn zelfs geen vogels in de lucht.

Terwijl Johan nog wat verbaasd om zich heen kijkt, komt de bode weer naar buiten. 'Ik liet u bijna vertrekken zonder uw nummer,' zegt hij. 'Neem me niet kwalijk, er lopen ook zoveel zaken door elkaar de laatste tijd. Mijn hoofd loopt om. Enfin, u heeft nummer 1134. U moet het alleen noemen als erom wordt gevraagd. 1134, onthoudt u dat goed.'

'Kunt u mij misschien vertellen op wie ik moet wachten, en hoe lang het kan duren?'

'Dat weten we nooit,' zegt de bode. 'Maar maakt u zich geen zorgen, als u uw nummer onthoudt komt alles goed.'

Ook nadat Johan al geruime tijd heeft staan wachten, is er nog steeds niemand verschenen. Kunnen ze hem hier wel ophalen? Hij ziet nergens een weg. Waarom zou ik hier eigenlijk blijven wachten? denkt hij laconiek en hij loopt de akker op. Het land ziet eruit als een uitgestrekte, dorre vlakte. Als je maar lang genoeg loopt, moet je toch altijd *ergens* uitkomen? De hemel is open en strakblauw.

Tijdens zijn tocht wordt Johan vergezeld door de zon. Van het lopen krijgt hij het warm. Hij zou wel iets uit willen trekken, maar hij heeft nog steeds zijn gebreide overall aan. Hij lacht in zichzelf als hij beseft hoe hij erbij loopt. Zo vreemd en oncharmant gekleed zou hij thuis nooit de straat op durven. Hij realiseert zich ineens hoeveel ruimte het hem geeft om anoniem te zijn. Hij heft zijn gezicht naar de zon, geniet van de warmte en wrijft met zijn hand over zijn wangen. Stoppels. Jammer genoeg heeft hij geen spiegel bij zich. Hij zou zichzelf wel even willen zien.

Johan vindt het heerlijk weer eens een eind te kunnen lopen. Hij heeft nog steeds geen flauw idee waar hij uitkomt en dat geeft hem een avontuurlijk gevoel. Hij die altijd zo gestructureerd leeft, heeft voor het eerst geen doel.

Hij loopt maar wat en dat bevalt hem uitstekend. De angstgedachten die hem anders op een dergelijke plek zouden overvallen, blijven uit. Doordat hij op blote voeten loopt, voelt hij bij elke stap de aarde. Als de wind opsteekt, blijft hij een tijdje met zijn armen wijdgespreid staan. De warme bries blaast over zijn gezicht.

Na een aantal uren te hebben gelopen gaat hij op de grond liggen. Hij keert zijn gezicht naar de zon, sluit zijn ogen en voelt zich één met de aarde. Er heerst hier een volkomen stilte. Het is lang geleden dat hij zo ontspannen was. Het lijkt alsof niets ertoe doet, het verleden, de toekomst, Johan bekommert zich nergens om.

Als hij besluit verder te gaan, loopt hij weer in het zonnetje, met het gevoel dat de wereld van hem is.

Johan heeft al aardig wat kilometers afgelegd, als hij honger begint te krijgen. Hij realiseert zich dat hij geen idee heeft van tijd. Vanochtend vroeg heeft hij voor het laatst iets gegeten. Misschien moet hij nog wel dagen lopen voordat hij in de bewoonde wereld komt, maar zelfs dat is niet zeker. Ik zou van de honger kunnen sterven, denkt hij, zonder enige paniek of angst, en hij loopt onverstoorbaar verder. Er is werkelijk niets waar hij nog bang voor is. Een vredig gevoel maakt zich van hem meester, dat leven en dood één zijn. Altijd heeft Johan geleefd met een diepe angst voor de dood. In essentie is zijn schrijverschap een vlucht uit de gedachte aan zijn sterfelijkheid. Voor het eerst in zijn leven ervaart Johan de dood niet als een vijand, maar als een metgezel. Of is hij al dood? Zou dat de reden zijn dat hij zo in harmonie is met alles? Hij ademt dan nog wel, maar wie garandeert hem dat hij daadwerkelijk zuurstof binnenkrijgt? Als hij inderdaad dood is, wanneer is hij dan gestorven en waaraan?

De hemel die zo open was, slibt langzaam dicht. Laag hangende zwarte wolken verduisteren de zon. Johan blijft staan en een onaangenaam gevoel bekruipt hem. Aan de horizon ziet hij een rij zwarte gedaanten verschijnen. Hij twijfelt, ziet hij het goed, of is het de grauwe aarde die beweegt?

De zwarte figuren komen dichterbij. Het wordt steeds duidelijker dat het mensen zijn, en ze komen in een strakke rij op hem af. Hij telt wel vijftig mannen naast elkaar. Een kort moment is Johan blij dat er leven in de buurt is, maar als de zwarte overjassen dichterbij komen herkent hij de uitgestreken gezichten. Het zijn de mannen van zijn vaders kerkgenootschap! Niet weer! denkt hij. Als versteend staat hij daar. Ooit heeft hij zich in zijn kamer opgesloten. Zijn vader brulde dat hij de deur moest opendoen en trapte hem in toen Johan geen gehoor gaf aan die opdracht.

Steeds dichterbij komt de zwijgende, maar overduidelijk dreigende groep mannen. Pijlsnel draait Johan zich om en begint te rennen. En zonder haar in de buurt te wanen roept Jo-

*Het zijn de mannen van zijn
vaders kerkgenootschap!*

han toch: 'Mama!' Het is net alsof het hem kracht geeft en hij schreeuwt het uit!

Op een afstand van ongeveer tweehonderd meter verrijst ineens zijn ouderlijk huis. Is dat zijn moeder die voor het raam staat? Ruim voordat de mannen hem te pakken hebben, rent Johan het huis in, draait de deur op slot en struikelt bijna huilend de kamer in. Maar zijn moeder is er niet.

Het gordijn wappert in de wind, achter het open raam. Hij gaat de trap op en kijkt eerst in de slaapkamer van zijn moeder, doorzoekt de hele bovenverdieping. Als hij haar nergens weet te vinden, gaat hij zijn eigen kamer binnen en zakt uitgeput neer op zijn bed. In een gesmoorde snik roept hij om zijn moeder. Hij is weer de jongen die wakker wordt uit een narc droom en niemand méér nodig heeft dan juist zijn moeder.

Of is dit alles een droom en heeft de schrijver Johan van Tongeren nooit bestaan? Hoe vaak heeft zijn vader het niet gezegd: 'Er komt niets van jou terecht.'

Door zijn tranen heen ziet hij zijn voeten, gestoken in de kindersloffen met oren. In plaats van de gebreide overall heeft hij nu zijn gestreepte pyjama aan die hij heeft gekregen voor zijn tiende verjaardag. Hij voelt een gladde jongenshuid en zijn haar is weer net zo piekerig als toen.

In zijn kamer is niets veranderd. Boven het bed is een boekenplank aan de muur bevestigd. Waar ooit het boek van zijn opa heeft gestaan, is een lege plek. Om zijn vader om de tuin te leiden, kafte Johan zijn grootvaders boeken met hetzelfde papier als zijn schoolboeken. Op het kleine tafeltje staat de wereldbol, die als lamp dient. De punaises zitten er nog, met de restjes papier eraan van de poster met de eenhoorn, die zijn vader van de muur heeft gescheurd. Ook de zaklamp die Johan gebruikte om stiekem te lezen in bed, ligt er nog.

Johan staat op en doet de kast open. Zijn kleren, de meeste gemaakt door zijn moeder, hangen keurig naast elkaar. Hij kijkt onder de losse plank in de kast en vist het verboden werkstuk over mythische vogels eruit. Als hij ook nog zijn dicteeschrift open op zijn bureau ziet liggen, is er geen enkele twijfel meer: hij is de jongen die ervan droomt een beroemd schrijver te worden.

Verdiept in zijn werkstuk hoort hij gekraak tussen de kieren van de houten vloer. Van alle kanten komen er handen en hoofden door kieren en naden in de vloer, ook onder de drempel door. Johan herkent de gezichten van zijn achtervolgers, de mannen in het zwart. Angst knijpt zijn keel dicht.

'Je hoeft niet bang te zijn,' zeggen ze en ze kruipen met z'n vijftigen zijn kamer in. 'Wij zijn hier voor jouw bestwil, we komen je genezen.'

'Ik ben niet ziek!' reageert Johan fel. Maar ze glimlachen naar hem.

'Je grootvader is niet meer te redden, hij heeft jou besmet met kwade geesten, maar voor jou is er nog hoop.'

'Dit wil ik niet!' Vastberaden gaat hij weg, maar ze grijpen hem vast en terwijl hij om zich heen trapt en slaat, drukken ze hem op zijn buik op bed.

'Blijf van me af!' Hij probeert van zich af te bijten, maar ze duwen zijn hoofd in het matras, halen een touw tevoorschijn en binden zijn voeten vast. Hij gilt het uit van de pijn, maar de leider van de groep zegt dat pijn noodzakelijk is. Hij bindt persoonlijk ook Johans handen vast. Omdat Johan maar blijft schreeuwen, stopt de beul een doek in zijn mond. Vanaf dat moment hoort Johan de mannen bidden. Ze staan rond zijn bed en zingen, houden zijn hoofd vast en bidden God om de duivel die in Johan is gevaren, te verjagen. Daarna wassen ze zijn gezicht met een stinkend goedje waar hij kotsmisselijk van wordt.

Als Johan de hulp van zijn opa inroept, worden de mannen zo kwaad dat ze net zolang op hem inslaan tot hij buiten bewustzijn raakt.

Als hij weer bijkomt, zijn de mannen verdwenen. Hij gaat rechtop in bed zitten en luistert naar de geluiden die door de muur zijn kamer binnendringen. De geluiden die hij vroeger zo vaak hoorde wanneer hij in bed lag. Het gekreun en gehijg van zijn vader.

Het huis begint te schokken en het gehijg wordt oorverdovend. Zijn bed schudt en de muren kraken. Weg hier, denkt hij, staat op en loopt naar de deur. Zodra hij die opent, is het gehijg afgelopen.

Johan kijkt recht in het gezicht van een man. 'Goedenavond,' zegt hij beleefd. 'Ik heb opdracht je op te halen, maar voor ik je meeneem, wil ik je nummer weten.'

Johan staat daar in zijn pyjama en kijkt de man onthutst aan. In een flits ziet hij het beeld van de volwassen Johan in de gebreide overall. Vaag herinnert hij zich iets van een nummer.

'Ik weet genoeg,' zegt de man en voordat Johan iets kan zeggen, is hij verdwenen, opgelost in het niets.

Johan kijkt de gang in van zijn ouderlijk huis. Alles is nog hetzelfde. Het schilderij aan de muur – een groep paarden in een weide, met op de achtergrond een boerenhoeve – en de paraplubak bij de deur. De kapstok met de jassen van zijn ouders. Johan herinnert zich pijnlijk precies hoe blij hij was als hij uit school kwam en de hoed en de regenjas van zijn opa aan de kapstok hingen.

Als Johan uiteindelijk de kamerdeur opendoet, staan ze er weer: de mannen in het zwart. Midden in de kamer, in dezelfde opstelling die hij kent van het kerkkoor, met in hun hand een met pen beschreven vel papier. Door de kamer klinkt orgelmuziek en langzaam zetten de mannen in.

Hij probeert weg te komen, maar er komen steeds meer mannen binnen. Ze drukken hem om de tafel heen langs het dressoir tegen de muur aan, uitgerekend op de plek waar hij niet wil staan. En er blijven maar mannen binnenstromen, tot de kamer en ook de gang afgeladen vol zijn. Ze staan zelfs buiten, in de voortuin met hun neus tegen de ruit gedrukt. Honderden mannen met zwarte jassen en strenge gezichten en een beschreven vel papier in hun hand. Terwijl Johan in de hoek gedrukt staat onder het portret van zijn vader, wordt het gezang luider en luider. Ineens herkent hij de tekst.

Luistert u goed, opa
Ik moet u vergeten
Ik mag niet meer weten
Dat ik u heb gekend

Beste opa,
Ik schrijf opa, maar eigenlijk klopt dat niet, zegt papa.
Want u bent niet meer mijn opa. Papa vertelde dat u nooit
mijn echte opa bent geweest, want die is gestorven toen
mijn vader nog een jongen was. Maar ik hield wel van u als
van een opa, daarom is het zo verdrietig wat ik u moet
schrijven.

189

*Door de kamer klinkt
orgelmuziek.*

Refrein:
Luistert u goed, opa
Ik moet u vergeten
Ik mag niet meer weten
Dat ik u heb gekend.

U nam me vaak mee naar Bergen.
Dan zaten we samen op een duintop en keken naar de
zee.
U heeft me ook dikwijls verhalen verteld over vroeger
toen u nog een [stoute] jongen was. Dan lachten we samen.

Refrein:
Luistert u goed, opa
Ik moet u vergeten
Ik mag niet meer weten
Dat ik u heb gekend

Als ik u vertelde dat ik werd gepest, zei u altijd dat het later
goed zou komen. Dat ik anders was en dat juist dat zo bij-
zonder en mooi aan me was.
Maar papa zegt dat u me nooit en nooit dat boek over de
mystieke wereld had mogen geven. Hij zegt dat de duivel
dat boek heeft geschreven. Dat de duivel ook in mij is geva-
ren nu ik het heb gelezen.

Refrein:
Luistert u goed, opa
Ik moet u vergeten
Ik mag niet meer weten
Dat ik u heb gekend

Papa zegt ook dat de duivel in u is gevaren. Dat u anders nooit zulke boeken zou lezen. En ik heb hem moeten opbiechten dat u me ook vaak verhalen uit zulke boeken heeft voorgelezen.

Ik moet nu elke avond de Here Jezus om vergeving vragen, want papa zegt dat de Here Jezus mij wil helpen om de duivel te verjagen. Maar dan moet ik wel voorgoed afscheid van u nemen en ook van oma.

Wilt u oma vragen heel goed voor de vissen te zorgen en voor mijn konijn?

Ik denk dat ik ze heel erg zal missen.

Nu stop ik, want mijn woorden zijn op, ik heb alleen nog tranen.

Refrein:
Luistert u goed, opa
Ik moet u vergeten
Ik mag niet meer weten
Dat ik u heb gekend

Krijtwit staat Johan tegen de muur gedrukt als de mannen langzaam oplossen. Het refrein schalt nog door de ruimte, maar al snel is er van de mannen niets meer te zien.

Luistert u goed, opa
Ik moet u vergeten
Ik mag niet meer weten
Dat ik u heb gekend.

De kamer, de tuin en de gang liggen bezaaid met brieven. Johan staat nog steeds in de hoek van de kamer als zijn opa binnenkomt. Hij wil naar hem toe rennen, maar uit het portret aan de muur steken de twee sterke armen van zijn vader. De een grijpt hem bij zijn hals en de ander snoert hem de mond. Traag raapt zijn opa alle brieven op.

'Het moet van papa!' wil Johan roepen. 'Neem me alstublieft mee, opa! Laat me schuilen in jullie tuinhuis. Ik wil met je praten over wat me zo diep heeft geraakt.'

Maar de hand van zijn vader drukt Johans mond dicht. Pas als zijn opa bedolven onder de brieven, met gebogen hoofd, de kamer uit loopt, rukt Johan de hand van zijn mond. 'Opa!' roept hij 'Opa ik hou van u!' De hand slaat hem keihard in zijn gezicht.

★

Het is nacht als Johan opschrikt uit zijn slaap. Waar komt dat gestommel vandaan? Hij staat op en luistert bij het raam, maar het komt niet van buiten. Even is het stil en dan hoort hij opnieuw gestommel; het komt uit zijn kast. Als hij behoedzaam de kast opent, ziet Johan direct dat alle planken verdwenen zijn. Uit een gat in de achterwand van de kast steekt een hand. Het is een meisjeshand met een ringetje met een lieveheersbeestje erop. Johan herkent de hand van het jeugdportret van zijn moeder dat in de kamer op het dressoir staat.

'Ik moet je iets laten zien,' fluistert ze.

Hij kruipt door het gat en ziet verfpotten, kwasten en een schildersezel. Er staan meerdere schilderijen tegen de muur. Op een van de doeken is een man geschilderd, zonder hoofd.

Uit zijn nek kruipt een vuurspuwende draak. Op een ander schilderij heeft dezelfde man klauwen die een hart fijnknijpen. Op het derde schilderij zit op de plek van het geslacht van de man een lelijke wond. Vanuit die wond druipt bloed langs zijn benen en onder aan de afbeelding ligt het afgehakte geslachtsdeel.

'Ben je niet trots op me?' vraagt het meisje.

Ja, Johan glimt van trots. Zijn moeder schildert. Ze heeft een eigen atelier! Hij heeft altijd geweten dat ze bijzonder was. Ze heeft het voor hem verborgen gehouden, ze wilde hem verrassen. Als ze genoeg geld heeft verdiend, gaan ze er samen vandoor. Zij samen. Misschien nog voordat hij naar de brugklas gaat, dan kan hij helemaal opnieuw beginnen. Hij ziet de toekomst voor zich. Nooit zal hij meer die akelige geluiden horen. Hij zal samen met zijn moeder een huis huren, waar het veilig is. Hij zal zijn boeken en werkstukken niet meer verstoppen en weer naar zijn grootouders mogen. Zijn opa zal hem meenemen naar een van zijn favoriete lezingen. En hij krijgt een hond.

Voetstappen en een valse lach doen hem opschrikken uit zijn gepeins. Hij kruipt snel door het gat in de achterwand van de kast, doet de deur op slot en schuift de planken boven zijn hoofd dicht. Zijn moeder die naast het meisje staat, kijkt hem angstig aan. 'Hier zijn we veilig,' fluistert hij.

Ze staan met z'n drieën in het atelier als er op de kast wordt gebonkt. De deur wordt geforceerd en de valse lach dringt door tot in het atelier, zo luid en angstaanjagend dat de hele stad hem wel moet horen. Even heeft Johan nog hoop, maar dan hoort hij de planken splijten. Het gelach komt dichterbij en zijn moeder pakt zijn hand en begint te rennen.

Vanuit die wond druipt bloed langs zijn benen en onder aan de afbeel-ding ligt het afgehakte geslachtsdeel.

Ze denken dat ze nog op tijd weg kunnen komen, maar uit een van de schilderijen scheurt zich de man met de klauwen en komt vals lachend achter hen aan en Johan weet waar hij op uit is. Hij is zo dikwijls getuige geweest van wrede pogingen om het meisje te vermoorden. Tot nu toe heeft zijn moeder haar steeds uit zijn klauwen weten te houden. Nu ziet die bruut zijn kans schoon, terwijl het meisje weerloos door het donker rent. Kon hij haar maar voor de gruwelen van de valse lach behoeden. Maar hij kan onmogelijk op tegen het grove geweld.

Het meisje kermt in doodsangst als de klauwen haar te pakken hebben.

'Laat haar los!' roept Johan zo gebiedend als hij kan.

'Alsjeblieft!' huilt zijn moeder. 'Doe haar nicts, maak haar niet kapot, ik smeek je. Ik kan niet leven zonder haar!'

De klauwen sluiten zich om het meisje, strakker en strakker. Johan durft niet meer te kijken. Hij hoort haar botten kraken.

Wanneer het stil blijft, doet Johan zijn ogen voorzichtig open. Hij ziet hoe er vlinders opstijgen uit de klauwen. Hij wil ze vangen, maar de klauwen zijn hem voor en drukken de vlinders een voor een dood. Zijn moeder laat zich snikkend op de grond vallen.

'Mam,' zegt hij en hij kust haar. Op het moment dat hij haar in zijn armen wil nemen wordt hij in zijn nek gegrepen en weggeslingerd.

'Hou je erbuiten, ellendeling!' schreeuwt de stem. 'Dit is iets tussen je moeder en mij.'

★

Er wordt op de deur van zijn kamer geklopt. Het kan zijn vader niet zijn, want aan de andere kant van de muur klinkt het vertrouwde gehijg. Johan staat op en houdt de deur op een kier. Hij ziet de man staan die eerder om zijn nummer vroeg en die beleefd zijn pet afneemt. Johan ziet zijn mond bewegen, maar door het gekreun aan de andere kant van de muur kan hij hem niet verstaan.

'Je hebt een nieuw nummer aangevraagd!' schreeuwt de man boven het lawaai uit.

Johan geneert zich voor de geluiden, maar hij kent het verloop en zo te horen duurt het niet meer zo heel lang.

'Een nieuw nummer?' roept hij. 'Sorry, maar ik weet van niets.'

De man haalt een lijst uit zijn zak en kijkt hem door. 'Iemand heeft een nieuw nummer voor je aangevraagd,' zegt hij. '1219 is je nieuwe nummer. En zorg ervoor dat je het niet weer kwijtraakt.'

'Dus u komt me halen?' Het gehijg dat ongestoord door de muur klinkt, is bijna op het hoogtepunt.

'Niet op de zaken vooruitlopen. Ik ben verplicht precies volgens ons protocol te werk te gaan. Ik zal opnieuw moeten aankloppen.'

Hij sluit de deur en onmiddellijk daarna wordt er weer geklopt.

'Goedemiddag!' Voor de tweede keer neemt de man beleefd zijn pet af. 'Ik heb opdracht je op te halen.' Vanuit de aangrenzende kamer blijft het lawaai onverminderd doorgaan.

'Voor ik je meeneem, moet ik je nummer weten.' Als Johan zonder aarzelen het juiste antwoord geeft, zegt hij: 'Kom dan maar met me mee!'

Op dat moment hoort Johan zijn vader woest brullend

klaarkomen. Het huis trilt en de muur kraakt. Hij kijkt ontzet naar de scheur die in de buitenmuur ontstaat. De man houdt de scheur als een gordijn voor hem open en leidt hem binnen in een imposante hal.

Loeiende sirenes. In de hal lopen hordes mensen. Sommigen zitten van top tot teen in het gips, anderen zijn in verband gewikkeld. Een man, van wie alleen de ogen te zien zijn, komt naar Johan toe. Doordat zijn mond is dichtgeplakt, is hij niet te verstaan.

'Je vindt het verder wel, hè?' zegt de bode die hem heeft gebracht, tikt tegen zijn pet en gaat ervandoor.

Een verpleger, die een kar vol geamputeerde benen en armen voortduwt, loopt om hem heen.

'Mag ik even,' vraagt een ander, die een kar vol glazen ogen, kunstgebitten, protheses en infusen duwt. Iedereen gaat opzij voor een verpleger met twee emmers bloed.

Johan baant zich een weg door de menigte op krukken en stapt op een man af die een lege rolstoel duwt.

'Neem mij niet kwalijk, maar ik ben hierheen gebracht en ik...'

'Daar weet ik niets van,' onderbreekt de man hem. 'Ik wacht hier op nummer 1219.'

'Dat ben ik,' zegt Johan.

'Weet je het zeker?' vraagt de man. 'Kun je dat aantonen? '

'Ik heb het nummer net gekregen. Van een man in uniform, die op de deur van mijn kamer klopte. Hij heeft me nummer 1219 gegeven en me hierheen gebracht.'

'Nou, vooruit dan maar. Ik wil wel dat je een formulier ondertekent om te bevestigen dat je 1219 bent. Ik vind je namelijk helemaal geen type voor 1219. Dat zijn heel andere figuren. Ik wil achteraf geen problemen, zie je. Het is mijn verantwoordelijkheid dat de juiste persoon op de juiste plek terechtkomt. Een ogenblikje.' De man geeft hem een formulier en een pen.

'Dat formulier is al ingevuld,' zegt Johan.

'Stap dan maar op.' De man rijdt hem in de rolstoel door de hal. Ze gaan een ruimte binnen waar rijen mensen zitten te wachten, met op hun schoot organen die getransplanteerd moeten worden. Hij ziet hoe een zuster uit een hoge berg organen een nier vist, en een vrouw haar hart tegen het hart van een andere vrouw ruilt. De man rijdt Johan een theaterzaal binnen. Op het podium staat een operatietafel met machines vol slangen ernaast en lampen erboven. Johan hoort een bel en meteen stroomt het theater vol. Mensen in bedden met infusen eraan worden binnengereden. Patiënten met gebroken benen en hun hoofd in het gips nemen plaats.

Zodra de zaal vol is, gaan de lampen boven de operatietafel aan. Er komt een chirurg binnen, in het groen gekleed, die buigt en een weids gebaar maakt naar de zijkant van het podium. Dan wordt er een patiënt op een brancard binnengereden. Iedereen klapt. Een narcotiseur, eveneens in het groen, loopt met een grote spuit achter de patiënt aan.

Er stapt een operatiezuster naar voren. 'Hartelijk welkom allemaal,' zegt ze. 'Vanmiddag zult u getuige zijn van het verwijderen van een kwaadaardig gezwel in de maag van deze patiënt.' Intussen wordt de patiënt door twee verplegers op de operatietafel gelegd. 'Ik verzoek u zo stil mogelijk te zijn,' vervolgt ze, 'zodat onze chirurg zich kan concentreren op deze uiterst ingewikkelde ingreep. Mag ik u voorstellen aan onze patiënt.' De patiënt knikt naar de zaal.

Johans hart staat stil. 'Opa!' roept hij.

Maar op hetzelfde moment krijgt de patiënt een naald in zijn arm en wordt hij onder narcose gebracht. Vol afgrijzen ziet Johan hoe de maag van zijn opa wordt opengesneden. De chirurg pakt een tang en buigt zich over het lichaam. Er klinkt tromgeroffel door de theaterzaal: steeds sneller en luider. Eén harde slag van de bekkens.

'Hopla!' roept de verpleegster terwijl ze een sprongetje maakt, en op hetzelfde moment houdt de chirurg een gezwel omhoog.

Er klinkt luid applaus. Dan wordt het stil in de zaal. De operatieassistent geeft de chirurg een soort vork aan. De chirurg poert met de vork in het gezwel en er valt iets uit.

'Hier hebben we de boosdoener!' spreekt de chirurg. Hij geeft een stuk papier aan de verpleegster, die het voor op het toneel openvouwt en begint te lezen.

Johan krimpt in elkaar van schaamte als hij de tekst van zijn eigen brief aan zijn opa door de zaal hoort klinken. De inhoud van de brief grijpt de mensen zo aan dat sommige beginnen te huilen, terwijl andere troost zoeken bij elkaar.

'Laten we niet huilen,' zegt een vrouw. 'Laten we blij zijn dat de arme man van deze tekst verlost is en weer beter wordt.'

'Lange leve de arme man!'

Intussen hangt de chirurg met een pincet boven het opengesneden lichaam. Hij wroet en zoekt en af en toe horen ze een vloek.

'Hebbes!' zegt de chirurg, terwijl zijn assistent het zweet van zijn voorhoofd veegt en hij fluistert de verpleegster iets in het oor.

'Nee!' roept ze, trekt wit weg en grijpt naar haar hart.

De chirurg maant iedereen tot stilte. 'Ik geef het woord aan de verpleegster,' zegt hij plechtig.

De verpleegster lijkt zeer aangedaan door wat ze zojuist te horen heeft gekregen. Ze kan de woorden niet vinden om het publiek toe te spreken.

Opnieuw wroet de chirurg met het pincet in het lichaam van de patiënt. Hij neemt een paar slokken water en kijkt de zaal in.

'Wat deze brief teweeg heeft gebracht, kunnen we helaas niet ongedaan maken. Tot mijn grote ontsteltenis hebben deze wrede woorden van een kleinzoon aan zijn grootvader zich uitgezaaid.' Met de pincet haalt hij stukjes brief uit het lichaam.

Johan hoort de uitbarsting van de mensen om hem heen ontzet aan.

'Wat een schande. Gruwelijk! Weerzinwekkend! Afschuwelijk!'

'God sta me bij!' roept een vrouw en ze valt van haar krukken.

'IJzingwekkend!' wordt er geroepen. 'Hartverscheurend! Mensonterend. Wreed! Gewetenloos!'

De chirurg spreekt de zaal toe, maar kan nauwelijks boven het gejammer en gekerm uitkomen. Hij pakt de microfoon om het publiek te laten weten dat men op deze dag getuige is van de ergste pijn die ooit iemand is aangedaan.

'Wat stelt onze pijn nu nog voor!' begint een toeschouwer. En hij wikkelt zich uit zijn verband. Direct daarna slaat een ander het gips van zijn been. Een paar mensen gooien hun krukken neer. Infusen worden uit armen gerukt, pleisters van ogen afgescheurd. Armen gaan uit mitella's. Een ijzeren long knalt tegen het podium, gevolgd door een frame van een kaak. Er suist een kunstnier door de zaal. Volledig genezen lopen de toeschouwers de zaal uit.

Een ijzeren long knalt
tegen het podium.

Johan kijkt onafgebroken naar zijn opa, wiens buik wordt dichtgetaped. 'Opa!' roept hij nog wanneer de verpleegster met de brancard wegloopt. Johan springt het podium op, maar de deur waarachter zijn opa verdwijnt, valt voor zijn neus dicht. Door verdriet overmand laat Johan zich vallen, niet meer in staat om nog op te staan.

Johan heeft werkelijk geen idee hoe lang hij daar heeft gelegen, als hij opschrikt van de man met de rolstoel.

Hij hijst Johan in de stoel. 'Ik rij je naar de uitgang,' zegt hij. 'Maar eerst wil ik je namens het hele team bedanken voor je aangename positieve aanwezigheid en je inzet voor deze dag. Om onze dankbaarheid te tonen hebben we een kleine attentie voor je, een aandenken aan deze bijzondere gelegenheid. We hopen dat je er blij mee bent.' Hij overhandigt hem een plastic zakje vol met snippers van de brief aan zijn opa.

★

Op de deurmat ligt opnieuw een stapel post. Zijn oog valt op een witte envelop met een grijze rand. Johan verbleekt wanneer hij hem openmaakt en leest wiens naam er op de rouwkaart staat. 'Opa,' spreekt hij hardop, 'opa! Het spijt me zo.'

Als hij de kaart wil terugstoppen, schiet er een hand uit de envelop die hem naar binnen trekt.

Hij kijkt rond in de envelop en ziet wie hem erin heeft getrokken. Hij herkent de man van het portret op zijn vaders bureau en verstijft. Hij durfde nooit naar de foto te kijken en nu staat hij tegenover hem. Johan wil niets liever dan uit de envelop kruipen, maar de man pakt hem vast. 'Je wilt je echte opa toch wel leren kennen?' 'U bent mijn opa niet, ik wil niets met u te maken hebben. U bent een slecht mens, u heeft mijn oma altijd geslagen.'

'Jij kent de wetten van het huwelijk niet,' zegt de man, 'zo gaat dat in onze familie.'

'Als u maar weet dat ik zoiets nooit zal doen,' zegt hij. 'Ik haat het dat mijn vader hetzelfde doet bij mijn moeder als wat u deed bij mijn oma. En wat doet u in de rouwenvelop van mijn opa? Ga eruit, u hoort hier niet.'

'Ik ben hier om te vertellen dat je geen haarbreed verschilt van je vader en mij. Jij hebt die sukkel waarmee mijn vrouw na mijn dood is hertrouwd, laten vallen als een baksteen. Ja, je hebt nou wel iets over ons te zeggen, maar misschien ben jij nog wel het ergst van ons drieën. Wie heeft die afscheidsbrief aan de man van je oma geschreven? Je hebt hem nooit meer opgezocht, zelfs niet toen je wist dat hij heel ziek was. Ik wed dat je niet eens naar zijn begrafenis gaat. Je bent net zo harteloos als je vader en ik.'

'Helemaal niet! Ik werd door mijn vader gedwongen om die brief te schrijven, anders had ik het nooit gedaan. Ik wil niets met u te maken hebben. Ik hou zielsveel van mijn opa.'

'Die zogenaamde opa van jou was een gewetenloze gek. Hij heeft ervoor gezorgd dat mijn zoon in een tehuis terechtkwam.'

'Omdat hij hem niet aankon, omdat u hem al had verpest.'

'Je draait alles om, jongen, ik heb je vader juist heel goed opgevoed. Toen ik er niet meer was, nam je vader mijn taak over. Wat had je dan gewild dat hij deed? Je eigen oma had zijn vader ingeruild voor een halfbakken surrogaat. Dat kon die jongen van mij natuurlijk niet tolereren. Hij had al een paar keer met haar gepraat toen ze met dat mispunt thuiskwam, maar wie niet horen wil moet voelen. Ik ben nog steeds apetrots op mijn jongen.'

'Dus u bent er trots op dat uw zoon zijn moeder sloeg, zonder ook maar de minste wroeging? Ze moesten hem wel uit huis plaatsen. Mijn oma was doodsbang voor hem geworden.'

'Omdat ze geen steun kreeg van die lapzwans. Hij had moeten optreden, daar was je vader aan gewend. Ik pakte hem wel aan. Als hij iets flikte, was ik niet mals en zo hoort het.'

'Zo hoort het helemaal niet,' zegt Johan en hij voelt een diepe minachting voor de man. 'Door al dat geweld is mijn vader zo wreed geworden. Het is onbegrijpelijk dat mijn oma ooit met u is getrouwd. Maar gelukkig is ze u allang vergeten. Mijn opa heeft alles goedgemaakt, hij hield heel veel van haar.'

'Dat valt nog te bezien,' zegt de man. 'Ik moet nog zien of ze nu net zo verdrietig is als toen ik stierf. Ik betwijfel het ten zeerste. En jou laat het ook koud dat die zogenaamde opa van je dood is.' Plotseling gaat de achterdeur open. Johan stopt de rouwkaart terug in de envelop en legt hem weer op de mat. Vanaf een afstandje ziet hij hoe zijn vader de envelop openmaakt, de rouwkaart eruit haalt en dan ongeïnteresseerd verscheurt.

★

Een beetje schichtig loopt Johan over het kerkhof. Plotseling blijft hij staan, verscholen achter het groen van hoge struiken. Hij heeft al meerdere rouwstoeten voorbij zien komen, maar dit keer herkent hij zijn oma. Zij loopt, ondersteund door zijn tante, achter de kist. Het is een bescheiden stoet, behalve de buren herkent Johan niemand. Hij ziet hoe de kist naar zijn opa's graf wordt gedragen. Hij volgt de stoet vanaf een veilige afstand. Wanneer de dragers bij het graf zijn aangekomen, blijft Johan achter een hoge struik staan. Zijn blik volgt de mannen die de kist plechtig boven het graf plaatsen. In de kist ligt zijn opa, de man die geen dag uit zijn hoofd is geweest. Die lieve man aan wie hij zoveel mooie herinneringen heeft. Herinneringen die hij zich door zijn vader heeft laten ontnemen.

De rouwenden scharen zich rond het graf. In de verte komt een vrouw aangesneld en als ze dichterbij komt, gaat er een schok door Johan heen. Zijn moeder is tegen de regels van zijn vader in toch naar het kerkhof gekomen. Hij ziet hoe ze zijn oma omhelst en bloemen bij het graf legt.

Er wordt een toespraak gehouden. Tussen de aanwezigen staat zijn oma zo verschrikkelijk alleen. Johan kent haar zo niet, hij kent haar eigenlijk alleen in combinatie met zijn opa. Terwijl een volgende gast een toespraak houdt, kijkt Johan naar de kist. Hoe vaak heeft hij niet bedacht hoe het zou zijn als hij later het huis uit zou zijn en zijn vader niets meer over hem te vertellen had. Dan zou hij zijn opa zeker zijn gaan opzoeken! Maar er is geen later meer. De dragers laten de kist zakken in een diep gat. Snikkend staat Johan daar wanneer de vogel komt aanvliegen. De Garuda strijkt vlak bij het graf neer. Johan houdt zijn adem in. De Garuda komt zijn opa halen!

*Hij ziet hoe de kist
naar zijn opa's graf wordt
gedragen.*

Een witte nevel rijst op uit het versgedolven graf. Dan verandert de nevel in een roodgelige gloed. Door de gloed schijnt een gezicht en een lichaam.

Johan durft zijn opa niet te roepen uit angst dat ze hem zullen opmerken, maar hij komt al naar hem toe, slaat zijn armen om hem heen en drukt hem dicht tegen zich aan. Johan legt zijn gezicht tegen zijn opa's borst.

'Bent u niet boos?' vraagt hij.

'Waarom zou ik boos zijn?'

'Ik heb u in de steek gelaten.'

'Je bent elke dag bij me geweest,' zegt zijn opa en hij kust zijn voorhoofd. 'Je was geen seconde uit mijn hart en ik voelde dat ik ook in jouw hart woonde. Nu ga ik aan mijn grote reis beginnen, jongen. De Garuda wacht op me.'

Johan knikt en ziet dat zijn opa niet bang is.

'Zal ik aan hem vragen of je een eindje mee mag vliegen?' Hij geeft zijn kleinzoon een knipoog. Voor de laatste keer houdt hij hem vast. Johan beseft dat het een afscheid is voor altijd.

Moeder en zoon kijken elkaar aan zonder iets te zeggen, maar ze lezen in elkaars ogen dat ze elkaar nooit zullen verraden.

*

Johan zit gespannen wachtend in zijn kamer. Daar is het! Het getik van zijn vaders lepeltje tegen het kopje. Hij kijkt afwachtend naar zijn moeder, die languit onder zijn bed ligt en voor het eerst geen gehoor geeft aan het commando.

Door de gloed schijnt een gezicht en een lichaam.

Johan telt de seconden. Bij tien klinkt weer het tikken van het lepeltje tegen het porselein, maar dit keer sneller en dwingender. Johan vraagt zich af of zijn moeder het commando kan weerstaan, maar ze blijft liggen. Het duurt even en dan hoort hij voetstappen op de trap en gemorrel aan de deur. Johan houdt zijn adem in. Hij slaakt een zucht van verlichting wanneer de voetstappen de trap af dalen. Maar even daarna klinkt er getik tegen de vloer. Harder, steeds harder. De plank in de vloer kraakt en ineens steekt er een lange haak door de vloer.

Zijn moeder kruipt snel onder het bed uit, maar de haak achtervolgt haar. Ze rent kriskras door de kamer om de haak te ontwijken, ze springt op het bed en er weer af. Ze rent om de stoel heen. Johan gilt geluidloos wanneer de haak om zijn moeders nek wordt geslagen.

Beneden hoort hij het valse lachje van zijn vader. Tot zijn grote schrik wordt zijn moeder aan haar hoofd met haak en al door de kier in de vloer naar beneden getrokken. Snel slaat hij twee armen om haar middel, houdt haar stevig vast en probeert haar tegen te houden, maar het lichaam van zijn moeder glijdt tussen zijn greep uit door de kier.

In de huiskamer, beneden, loopt Johans moeder heen en weer. Maar al te goed kent Johan de handelingen. Ze haalt een glas water met de bloeddruk verlagende pillen van zijn vader. Daarna legt ze zijn krant klaar en klikt de leeslamp aan zodat haar echtgenoot genoeg licht heeft om bij te lezen. Ze haalt zijn slippers uit de kast en zet ze voor hem neer. Het laatje van het dressoir, waar de leesbril van zijn vader ligt, schuift open. De voetenbank schuift over de houten vloer. Ze zet hem op de juiste afstand van zijn vaders stoel zodat hij zijn benen erop kan leggen.

Daarna blijft het even stil en dan hoort hij het druppelen van het water in het koffiezetapparaat. Even later vult de geur van verse koffie het huis.

Uit de keuken klinkt het gerommel van kopjes op het aanrecht. Snelle voetstappen van zijn moeder. En dan klettert er iets op de stenen vloer. O, god, als het maar niet het koffiekopje van zijn vader is!

Op hetzelfde moment barst er gevloek en getier los. Johan duikt angstig onder het bed en kijkt door de kier in de vloer de huiskamer in. Hij verstijft wanneer hij inderdaad de scherven van zijn vaders koffiekop op de grond ziet liggen. Voordat zijn moeder naar haar strijkkamer kan vluchten, grijpt zijn vader haar vast en kwakt haar tegen het dressoir aan. Het zweet breekt Johan uit. Hij hoort zijn vader ijsberen maar verder blijft het stil in de kamer, een beklemmende stilte. Zijn moeder zit angstig tegen het dressoir gedrukt. Moet hij niet naar beneden gaan om zijn moeder te beschermen? Johan vreest dat dat de woede van zijn vader alleen maar zal versterken.

Johan herkent het geluid van zijn vaders riem die woest uit zijn broek wordt gerukt. De sterke hand met de riem erin zwaait een paar keer dreigend voor zijn moeder heen en weer. Johan wendt zijn gezicht af op het moment dat het stuk leer op zijn moeders lichaam neerkomt. Terwijl hij zijn ogen dichtknijpt hoort hij zijn moeder smeken om genade, maar zijn vader heeft geen enkele clementie. Door de spleet van zijn ogen ziet hij hoe zijn moeder met haar hand haar gezicht beschermt. De riem raakt volop haar hand. Het bloed stroomt eruit.

Eindelijk is het stil. Zijn moeder ligt voor het dressoir op de grond met haar gezicht tussen de scherven. Vaders brillenkoker klapt dicht, het papier van de krant ritselt. Onafgebroken bespiedt Johan zijn moeder die daar maar ligt. Door de spleet in de vloer druppen zijn tranen de kamer in. Hij moet iets doen, kruipt onder het bed vandaan en sluipt de trap af. Als hij de woonkamer binnenkomt, ligt zijn moeder daar nog steeds. Uit haar mond groeien twee enorme snijtanden. Niet alleen haar gebit, haar mond verandert in een hondenbek. Haar hele gezicht verandert van vorm. Ze krijgt een snuit. Ze ligt ook niet meer als een mens, maar haar hoofd dat steeds meer op een hondenkop begint te lijken ligt plat op de grond. Haar oren worden hondenoren, haar gezicht wordt bedekt met haar. Vol afschuw kijkt Johan naar haar handen en voeten die klauwen worden. Haar jurk wordt een witte vacht. Ze krijgt zelfs een staart, die kwispelt wanneer ze haar zoon ziet staan. Hij hoort gejank.

De tuindeur wordt opengezet. Zijn moeder springt de tuin in en doet midden op het gras een plas.

*

Johan zit aan tafel en kijkt naar de antieke staande klok. De grote wijzer kruipt vooruit. Tegenover hem zit zijn vader. Hij leest de bijbel. Zijn moeder dopt tuinbonen. Zo nu en dan hoort hij het plofje van een tuinboon als zijn moeder die in de pan met water laat vallen. Water met een scheut melk erdoor, anders worden de bonen bruin en dan eet zijn vader ze niet.

Het is zondag en op de dag des Heren is het lezen van boeken verboden, op de bijbel na, vanzelfsprekend. Ineens gaat de deur van de klok open en komt er een zwarte kraai naar

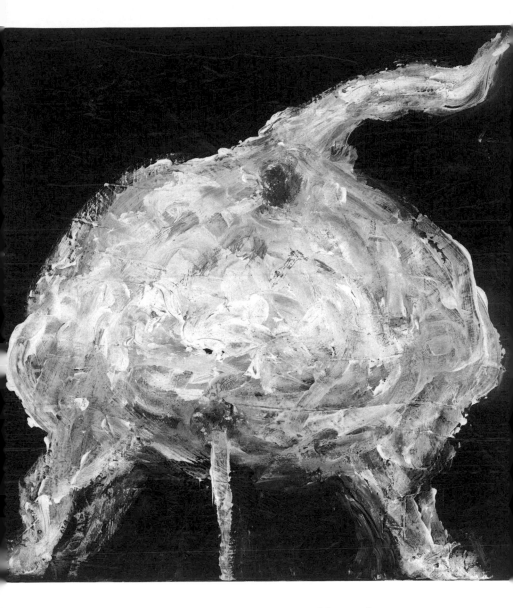

*Zijn moeder springt de tuin in en doet midden op het gras
een plas.*

buiten gevlogen. Johan volgt de kraai die door de kamer fladdert en na een paar rondjes neerstrijkt op de schouder van zijn vader. De klok tikt, maar het plofje van het gedopte boontje in het water van de pan laat langer op zich wachten dan ervoor.

Johan kijkt van zijn vader naar de kraai. Pas maar op, denkt hij, als mijn vader merkt dat je daar zit, dan vertel je het niet na.

'Ga jij maar gauw naar buiten,' zegt hij tegen de kraai, 'voordat het te laat is.' Als hij naar het raam loopt om de vogel te bevrijden, ziet hij een begrafenisauto aankomen. De zwarte wagen rijdt stapvoets en houdt stil voor het huis. De portieren gaan open en de begrafenisondernemer opent het achterportier, haalt er een doodskist uit en blijft ernaast staan.

Johan kijkt naar de klok, die nu stilstaat. Zijn moeders hand houdt een boon boven de pan. Ook zijn vader zit onbeweeglijk met een bladzij van de bijbel tussen zijn vingers.

Voor wie zou die kist bestemd zijn? Hij rent naar de gang. Hij staat al in de deuropening als hij van zijn vader een draai om zijn oren krijgt. 'Jij weet heel goed dat het de dag is des Heren,' sist hij. 'Hoe durf je tegen de wil van de Here Jezus in te gaan?'

Johan wil naar de rouwauto wijzen, maar op die plek zijn nu jongens aan het voetballen. Hij gaat weer aan tafel zitten. De kraai is verdwenen en de klok tikt weer.

'Ik ga zo naar de kerk.' Zijn vader slaat de bijbel dicht en zijn moeder gaat de trap op. Johan weet precies wat ze gaat doen. Ze opent zijn vaders klerenkast en haalt zijn zondagse broek eruit om hem klaar te leggen voor zijn vader. Johan kent elk geluid: de kast die opengaat; het schuiven van de hangers over de roe; de deur van de slaapkamer die weer wordt gesloten en dan zijn moeders voetstappen op de trap. Hij weet exact hoe lang ze over alles doet. Nog negenentwintig tellen en ze komt de kamer weer in. Maar dit keer hoort hij de deur van de strijkkamer opengaan. Hij wordt bleek als hij zich realiseert wat zijn moeder van plan is. Het is al eerder gebeurd dat zijn vaders nette broek gekreukt was. Woedend was hij geworden. Wat dacht ze wel, dat hij met een broek vol kreukels de kerk zou betreden? Dreigend was hij met zijn vuist op haar afgekomen en ook toen vluchtte zijn moeder de strijkkamer in. Ze wist immers dat haar man daar nooit naar binnen ging. Toen had hij de sleutel van de deur opgezocht en haar opgesloten, tot de volgende ochtend.

Johan kijkt naar zijn vader, die gelukkig nog niets in de gaten heeft. Hij bedenkt dat het niet lang meer duurt of zijn vader vraagt zich af waar zijn broek blijft. Hij moet zijn moeder waarschuwen.

'Mam, alsjeblieft, hou daarmee op,' zegt hij bezorgd als hij ziet hoe zijn moeder de strijkbout laat neerkomen op de kreukel in zijn vaders broek.

Zijn moeder trekt de stekker van de bout snel uit het stopcontact en wil net de strijkplank inklappen, als de deur van de kamer wordt opengegooid.

Johans vader staat in de deuropening en kijkt naar zijn moeder, die van angst ineenduikt. Ze wordt zo klein dat hij bang is dat zijn vader haar in zijn woede zal dooddrukken. Ze kan nergens heen.

Vader slaat met zijn vuist op de strijkplank. 'Wat moet ik met een vrouw die de regels van de Heer negeert. Jij bent de vergissing van mijn leven.'

'Ik deed het voor jou.'

'Je deed het voor mij? Laat me niet lachen!' brult zijn vader. 'Als je iets voor mij had willen doen, dan had je mij een groot gezin geschonken. Na één kind was het al afgelopen. Met veel gekerm en gekrijs heb je een kind gebaard. En wat voor kind, een grote mislukking.'

Dan gebeurt er iets wat Johan niet eerder heeft meegemaakt. Zijn moeder groeit en wordt groter en groter. Ze kijkt haar man recht aan. 'Je komt geen stap dichterbij!' Ze houdt de strijkbout dreigend omhoog. Hij ziet zijn vader met gebalde vuisten op haar afkomen. Op hetzelfde moment haalt ze uit met de strijkbout. De bout komt neer tegen de zijkant van zijn vaders hoofd. Het bloed spat eruit. Zijn vader wankelt, maar zijn woede is groter dan de vernedering en hij grijpt zijn vrouw vast.

Bij de woeste blik van zijn vader raakt Johan in paniek. 'Hij maakt haar dood!' flitst het door hem heen. Maar zijn moeder trapt haar man van zich af en hij valt met zijn gewonde hoofd tegen de trapnaaimachine en zakt in elkaar. Het bloed uit de hoofdwond stroomt op de grond. Zijn vader kreunt.

Nog nooit was het zo stil in Johans hoofd. Hij staat daar zonder zich te verroeren, terwijl er binnen in hem alleen stilte is. Een stilte die hij nooit eerder heeft ervaren, alsof de wereld is stopgezet. Ze is niet verlammend en maakt hem niet bang, maar ze is zacht en genadig, alsof een vulkaan na dagen is uitgewoed.

Heel lang staat Johan daar, bevangen door de diepe stilte, en dan voelt hij de blik van zijn moeder op zich gericht. Hij kijkt haar aan en leest in haar ogen dezelfde stilte. Terwijl ze daar staan en in elkaars ogen kijken hoort hij het gerochel en

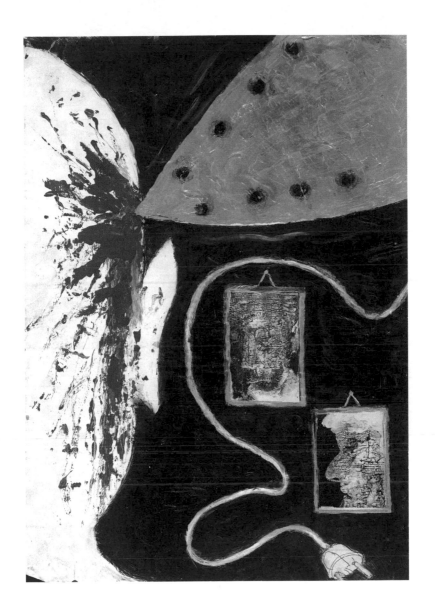

*De bout komt neer tegen de zijkant
van zijn vaders hoofd.*

gekreun van zijn vader zwakker worden. Zonder nog een blik op hem te werpen lopen ze de strijkkamer uit en sluiten de deur.

Ze staan zeker al een uur hand in hand op de gang, als plotseling de deur van de strijkkamer opengaat. Het is niet zijn vader die de gang op komt, maar de strijkbout.

'Jij weet het,' zegt Johan, 'jij weet precies wat er is gebeurd.'

'Van mij heb je niets te vrezen,' zegt de strijkbout. 'Ik strijk alles glad.' De bout is met bloed besmeurd. 'We moeten in bad.'

Ze lopen met z'n drieën naar boven. Daar laat de strijkbout het bad vollopen. Dagenlang zitten ze met z'n drieën in bad. Af en toe komt er iemand binnen, de huisarts, die de dood constateert, de mannen van het rouwcentrum. Maar die drie blijven in bad, ook wanneer de politie komt vragen hoe het precies is gegaan.

'Het was een ongeluk,' zegt zijn moeder. Johan knikt.

*

Moeder is samen met de strijkbout naar de begrafenis van haar man gegaan. Johan is nog alleen in het bad blijven zitten. Het leek hun beter dat hij thuis bleef. De doodsoorzaak van zijn vader zal absoluut onderwerp van gesprek zijn. Stel je voor dat hij uit pure verwarring de waarheid vertelt.

Johan draait de hete kraan open om het water op temperatuur te brengen, als de deur van de badkamer opengaat. Er verschijnt een man in motorpak en een helm in de hand in de deuropening.

'Goed dat ik u tref,' zegt hij.

Het verbaast Johan dat hij met 'u' wordt aangesproken, maar dan ziet hij dat zijn armen en benen zijn gegroeid. Hij voelt stoppels op zijn gezicht. Hij is geen jongen meer, hij is weer de volwassen man die hij was.

'We hebben het vermiste nummer gevonden,' zegt de motorrijder. 'Ik heb het van begin af aan gezegd, al moet de onderste steen boven komen, dat nummer komt terecht.'

'Ik had al een ander nummer gekregen,' zegt Johan.

De man schijnt er geen enkele moeite mee te hebben dat Johan naakt is. 'Dat is mij bekend,' zegt hij, 'maar zo'n nummer dient toch boven tafel te komen. Het is persoonsgebonden, snapt u. Het is uw nummer, uw hele identiteit kun je wel zeggen, want laten we eerlijk zijn, meer hebben we toch niet? We zijn ons nummer, en als je dat kwijt bent, ben je verloren. Bovendien kunnen we niet hebben dat er zomaar iemand mee aan de haal gaat. 1134, herinnert u zich het weer? Een mooi nummer trouwens, daar mag u trots op zijn. Je hebt mensen, die krijgen een ongunstig nummer toegewezen, daar hoef je niet jaloers op te zijn. In zo'n geval weet ik al genoeg. Maar uw nummer is van een heel andere orde. 'Ik had eerst 1219,' zegt Johan.

De man kijkt op zijn lijst. 'Inderdaad, 1219, dat is heel andere koek. Ik zeg al, u hebt geluk dat ik u tref, anders had u er nog langer aan vastgezeten. U kunt toch moeilijk van mij verwachten dat ik u overal achterna ga reizen. Vroeger deden we dat nog wel, maar dat gaat niet meer. Tegenwoordig komen we langs en als we de persoon niet thuis treffen, laten we een kaartje achter. Meer kunnen we niet doen. Het is al een enorme service, zegt u nou zelf, u verliest zelf uw nummer, wij hebben het u niet afgenomen.'

'Komt dat voor, dat iemand zijn nummer weer moet inleveren?' vraagt hij.

'Op die vraag moet ik u helaas het antwoord schuldig blijven. Verwart u de nummers niet, alstublieft, want dat maken we ook regelmatig mee. Ik bedoel, dat u niet de ene keer 1219 gebruikt en de andere keer 1134. Dan gaat het pas goed mis. U moet een manier bedenken, een plan van aanpak, om nummer 1219 helemaal uit uw geest te bannen. Ik kan daar geen pasklare oplossing voor geven, zoiets is voor iedereen persoonlijk. U moet dat zelf doen, eigen verantwoording. Ik weet niet of u feeling hebt met getallen?

'Ik ben schrijver.'

'Heremetijd! Ik zeg al niks meer. Ik wens u alleen heel veel sterkte. Schrijver, bij een schrijver zou ik toch echt een ander nummer verwachten. Vreemd, maar daar ga ik niet over. Gelukkig niet.'

'Ik loop toch geen gevaar? Kan ik het niet beter bij 1219 houden?'

'Meneer, alstublieft, heeft u nou helemaal niets begrepen van wat ik heb gezegd? U heeft uw nummer terug, daar gaat het om. 1134. We hebben uw nummer net op tijd gevonden, als we opschieten, dan halen we het nog.'

'Mag ik misschien weten wat we moeten halen?'

De man stroopt zijn mouwen op, slaat de gespierde armen om het bad heen, ademt flink in en tilt op de uitademing het hele bad op, met Johan er nog in!

'Wat bent u van plan?' roept Johan als hij met bad en al de trap af wordt gedragen, maar hij krijgt geen antwoord. Buiten ziet hij een motor staan. De man zet het bad zorgvuldig achter de motor, pakt een sleepkabel en haakt die vast aan het bad.

'Hé, dat kan zo niet!' roept Johan. 'Ik ben naakt. Geef me tenminste de tijd om me aan te kleden.'

'We hebben geen minuut te verliezen.' De man stapt op zijn motor, geeft gas en rijdt weg. Ze spuiten over de weg.

Beschaamd houdt Johan zijn handen voor zijn geslacht. Terwijl het water wild uit het bad klotst, passeren ze allerlei voertuigen op de weg. Mensen wijzen lachend naar hem. Als ze me maar niet herkennen, denkt hij bedrukt. Door het geklots begint het water steeds meer te schuimen, de schuimvlokken vliegen in het rond.

Ze verlaten de snelweg en rijden een onbekende stad binnen. Ze spuiten kriskras door het oude centrum en als ze uiteindelijk een parkeerplaats op rijden, is Johan ontzettend misselijk. De motorrijder mindert vaart, kijkt rond en parkeert zijn voertuig. Wat moeten ze hier? Johan kijkt om zich heen. De parkeerplaats staat vol auto's. Hordes mensen lopen in dezelfde richting, ze gaan het theater binnen dat aan de parkeerplaats ligt. Als hij een poster met zijn eigen hoofd bij de ingang van het theater ziet hangen, trekt Johan nog witter weg. Is die vent gek geworden dat hij hem hierheen brengt, hij is niet eens behoorlijk gekleed! Moet hij soms zo naar binnen? Straks wordt hij nog herkend! Maar de mensen lopen druk pratend het theater in, sommige met zijn boeken onder de arm. Johan vindt het heel spijtig voor ze, maar hij gaat echt niet optreden. Al droeg hij een pak van Armani, hij kan het niet opbrengen.

'Net op tijd,' zegt de motorrijder. 'De voorstelling begint over een paar minuten. Een hele opluchting dat we het hebben gehaald. Kijk eens,' hij wijst op een strook die over de poster is heen geplakt, UITVERKOCHT.

'U wilt toch niet dat ik zo naar binnen ga,' zegt Johan.

De motorrijder wijst naar een Citroën DS voor hen. Johan herkent het nummerbord. De man knikt. Johan wacht tot er niemand aankomt, en stapt dan pijlsnel uit het bad. Weg hier, voordat iemand me ziet, denkt hij, terwijl hij druipend naar zijn auto rent.

Voor zijn vlucht naar de Kroondomeinen had hij een koffer vol kleren achter in zijn auto gezet. Hij is van plan – zodra hij is aangekleed – naar de Hoge Veluwe te rijden. Misschien is het vakantiehuis nog vrij. Onderweg zal hij het theater bellen dat hij door een klapband van de weg is geraakt en een zware hersenschudding heeft opgelopen.

Als hij bijna bij zijn auto is, springt de laadklep open. Gelukkig, de koffer ligt er nog in. Hij zoekt wat kleren uit en trekt ze aan. En nu wegwezen! Hij doet het voorportier open. Schrikt wanneer hij ziet wie er achter het stuur zit. Is dat Lucas, met dat vale gezicht en die wallen onder zijn ogen waaruit alle glans is verdwenen? De man ziet eruit alsof hij elk moment in elkaar kan zakken.

'Je bent net op tijd, ik wilde al naar binnen gaan,' zegt Lucas.

'Je kan zo niet naar het theater,' zegt Johan. 'Je moet afbellen. Je ziet er ziek uit. Als je achter het stuur vandaan gaat, rijd ik je naar huis.'

'Onmogelijk. Ik moet door,' zegt Lucas. 'Het is uitverkocht. Ik kan een zaal vol lezers niet in de steek laten. Ze hebben ervoor betaald, er misschien van alles voor afgezegd. Ze hebben recht op mijn, op onze lezing. Met z'n tweeën is het een stuk makkelijker. Ik neem tenminste aan dat je me dit keer wel vergezelt?' 'Bel nou maar af, of wil je dat ik het doe?'

'Geen sprake van. Wat je begint, moet je afmaken.' Het valt Johan op dat zelfs Lucas' stem vermoeid klinkt.

'Je kunt je nu wel groothouden en vinden dat je door moet,' zegt Johan, 'maar ik voorspel je dat het misgaat. Je wil toch niet op het podium in elkaar zakken? Kijk nou eens naar jezelf, je ziet er niet alleen uitgeput uit, maar ook zeer onverzorgd. Zo kan je je niet vertonen.'

'Je hebt gelijk,' zegt Lucas. 'In de haast ben ik vergeten me om te kleden.'

'Dus de lezing kan onmogelijk doorgaan,' zegt Johan.

'In de koffer zit toch wel iets anders wat ik kan aantrekken?'

Lucas haalt een kostuum en bijpassende schoenen uit de kofferbak, en trekt de outfit aan. Hij scheert zich in de autospiegel en stropt de das. 'Zo is het beter,' zegt hij.

'Ik waarschuw je, je hebt je nou wel opgeknapt, maar je gaat het niet redden, je bent oververmoeid. Heb je eigenlijk wel geslapen?'

'Een mens kan heel wat hebben. Na de tournee kan ik zo lang slapen als ik wil.'

'Geef het nou eerlijk toe,' zegt Johan. 'Ik zie toch aan alles dat je niet meer kan.' Je bent te trots om toe te geven dat je je erop hebt verkeken. Je hoeft je er niet voor te schamen dat het te zwaar voor je is.'

'Ik moet gaan,' zegt Lucas. 'Er wordt al naar me gezwaaid.'

'Blijf hier!' probeert Johan nog als Lucas uitstapt, maar hij kan hem niet tegenhouden. Het heeft ook geen zin om hem over te halen, hij luistert toch niet.

Zodra iedereen binnen is, stapt Johan uit en schiet tussen de geparkeerde auto's door naar de zijkant van het theater. Hij ontdekt een raam en gluurt de zaal in. Op een enkele lege plek na is de zaal vol. Er zitten zeker vijfhonderd mensen. De samenstelling van zijn publiek is zeer gevarieerd, allerlei soorten mensen, van jong tot oud. Het is een klassieke zaal met kroonluchters aan het plafond en dieprode fluwelen stoelen.

Een vrouw zet naast een glas water een thermoskan op de katheder. De directeur van het theater komt het podium op. Hij spreekt de zaal kort toe en wijst trots naar de coulissen. Onder luid applaus komt Lucas op. Johan ziet dat hij zich sterk probeert te houden, maar dat hij bijna geen kracht heeft. Wat ziet hij er afgepeigerd uit!

Lucas gaat achter de katheder staan, begroet zijn publiek, schenkt zichzelf koffie in en begint voor te lezen. Onder het lezen kijkt Lucas herhaaldelijk naar rechts. Er moet iemand binnenkomen. Johan kijkt naar de deur. Zijn vader!

Verdomme! Die komt de boel verzieken! Johan wringt zich door het raam de zaal in en gaat het podium op. 'Kom mee,' sist hij tegen Lucas. 'Wees nou niet zo eigenwijs, dit red je niet. Zeg maar dat je ziek bent. Je hebt het geprobeerd, maar je voelt dat het niet gaat. Verzin iets, je eh... je stem valt weg.' Lucas reageert niet en gaat onverstoorbaar door met voorlezen.

'Ik weet het wel, jij vindt dat ik me niets van mijn vader moet aantrekken. Je gaat gewoon door met je betoog. Je denkt zeker dat het publiek niks in de gaten heeft zolang jij maar doorgaat met vertellen. Maar ik sta te trillen op mijn benen omdat ik kan voorspellen hoe dit afloopt. Dringt het wel tot je door wat er aan de hand is? Mijn vader zit in de zaal!'

Lucas geeft een korte inleiding bij het volgende hoofdstuk.

'Jij wil dat ik je vertrouw,' zegt Johan. 'Ik moet me niet ongerust maken. Ik sta achter een katheder, dus niemand ziet zogenaamd dat ik tril. Jij denkt dat je het wel aankan. Het maakt jou niets uit dat die ploert in de zaal zit.'

Lucas kucht een paar keer. Als het kuchen niet ophoudt, neemt hij een slok water. Het doet Johan denken aan het begin van zijn carrière. Zijn eerste lezing! De nacht ervoor kon hij van de stress niet slapen. Het was dat hij zo graag wilde doorbreken, anders had hij absoluut afgebeld. In die tijd had hij nog geen enkele ervaring, alles wat hij vertelde aan zijn publiek was voor hemzelf ook nieuw. Bovendien had hij toen nog maar één roman geschreven. Nu heeft hij zoveel meer te vertellen. Tijdens die eerste lezing kreeg hij prompt een hoestbui. Het gekuch hield niet meer op. Hij stikte er zowat in. De aardige dame van de bibliotheek kwam aangerend met een glaasje water. Toen dat niet hielp, klopte ze hem op de rug. Wat verschrikkelijk onzeker was hij destijds. Nu kan hij de hele lezing zo afdraaien; zelfs al zouden ze hem midden in de nacht wakker maken, dan nog weet hij boeiend over zijn schrijverschap te vertellen. Maar niet met zijn vader in de zaal. Lucas geeft het niet toe, maar Johan hoort dat zijn stem trilt.

'Doe wat ik zeg, Lucas, en hou ermee op. Het lukt je niet om dit hoofdstuk uit te lezen. Je verpest meer dan dat je goedmaakt. Je leest veel te schokkerig. Dit is nog wel hoofdstuk vier, waarbij normaal gesproken de halve zaal met een brok in de keel zit!'

Lucas kijkt de zaal in. 'Mocht er iemand op dit fragment willen reageren, aarzelt u dan niet. Er is altijd ruimte voor vragen.'

'Je gaat nu toch nog niet aan de vragen beginnen? Dat slaat nergens op, dat hoort na de pauze. Je gooit mijn schema om.'

En als Lucas de vraag van een man op de eerste rij beantwoordt, zegt Johan: 'Jij doet maar hè? Je hebt zeker niks te maken met wat ik vind. Mijn lezing heb ik zorgvuldig opgebouwd, maar jij maakt er een ratjetoe van!'

'Ja hoor, ga gerust door,' zegt hij als er in de zaal een discussie ontstaat. 'Ik weet wel wat je denkt, ik moet me niet gek laten maken door mijn vader. Ik moet die klootzak laten zitten. Me niks van hem aantrekken. En je denkt zeker dat jij dat kan weten. Maar volgens mij ben jij degene die een denkfout maakt, Lucas! Een volwassen man als ik moet zich allang van zijn vader hebben losgemaakt. Zo denk jij, maar in mijn geval heeft het niets met zelfstandigheid te maken. Al was ik zestig, dan nog zou ik het niet aankunnen als mijn vader in de zaal zou zitten.'

Wanneer Lucas de discussie afrondt en verder gaat met voorlezen, kijkt Johan de zaal in. Hij realiseert zich dat al die mensen voor hem komen. Hij ziet de bewonderende blikken waarmee ze naar het podium staren. Daar heeft hij het voor gedaan en niet voor het geld. Hij geeft toe dat het geld een leuke bijkomstigheid is, maar deze blikken, daar is het hem om te doen. Ze geven hem bestaansrecht, het gevoel dat hij iemand is. Ze houden van hem! Hij weet zelf heel goed dat deze bevestiging hem sterker heeft gemaakt. Hij is niet meer opgewassen tegen de druk van de tournee, maar van de liefde en aandacht van zijn publiek kan hij nog steeds geen genoeg krijgen.

'Je wil maar niet opgeven hè,' zegt hij als Lucas met trillende vingers een slok van zijn koffie neemt. 'Jij maakt er een prestigekwestie van. Misschien wel om mij te laten zien dat jij mijn vader aankan. Stop daar nou maar mee, want je kan niet meer. Ik hoor het toch, je gaat op je automatische piloot.

Daarmee red je het niet! Geloof me, ik ken mijn vader veel te goed, hij heeft maar één doel en dat is mij kapotmaken. Ja, doe maar weer alsof je gek bent. En maar doorlezen. Het is verspilde energie, hoor je me. Mijn vader druipt niet met zijn staart tussen de benen af. Daar is hij de man niet naar. Of denk je soms dat jij hem beter kent dan ik? Dat noem ik hoogmoed. Ja, schraap nog maar een paar keer je keel, tot je stem het helemaal begeeft. Jij schijnt te denken dat je het allemaal weet. Ik weet wel wat je vindt, ik moet hem negeren. Misschien moet ik ook niet angstig naar hem loeren, maar het gebeurt gewoon. Mijn blik wordt zijn kant op gezogen, dat is erg genoeg.'

Lucas slaat een bladzij om, zucht en leest verder.

'Leg dat boek nou eens weg en kijk wat er gebeurt. Hij gaat staan! Mijn vader gaat staan. Moet dat soms ook kunnen, dat hij tijdens de lezing staat? Je kijkt niet eens op. Je leest door als een robot. Je verkijkt je op de situatie. Mijn vader geeft niet op. Wat hij in zijn hoofd heeft, voert hij uit. Mijn vader heeft zich voorgenomen alles kapot te maken wat ik met zoveel moeite en inzet heb opgebouwd. Hij komt juist op dit moment in mijn carrière, omdat ik onzeker ben over hoe ik verder moet. Ja, ik weet dat ik het volgens jou allemaal over mezelf heb afgeroepen. Ik heb mezelf gek gemaakt door dat manuscript van vroeger tevoorschijn te halen. Ik moet ophouden met bang zijn. Ik moet jou steunen. Laat die koffie nou eens staan. Luister liever naar wat er gebeurt. Hoor je die lach? Die ken jij niet, hè? Die heb ik nou mijn hele jeugd moeten aanhoren.

Wat flikt mijn vader nu? Dit geloof je toch niet? Die smeerlap haalt zijn lul uit zijn broek. Hij gaat hier masturberen, tijdens jouw lezing! Jij – idioot – leest gewoon door! Je zet

Hij gaat hier masturberen,
tijdens jouw lezing!

zelfs de microfoon harder om boven het gore gehijg uit te komen. Straks komt die viezerik klaar, hier in deze zaal! Je denkt toch niet dat niemand iets merkt en je de lezing gewoon kan afmaken? Dat vind je toch zo belangrijk, dat je afmaakt wat je begint? Dan vraag ik je, Lucas, ten koste van wat allemaal? Jij weet niet hoe erg het wordt. Dit is nog niks, het gehijg wordt nog veel heviger. Straks komt hij klaar en dan schrik je pas echt! Masturberen tijdens de voorstelling van je zoon, dan heb je toch geen enkel respect voor je eigen kind.'

Lucas neemt een korte pauze, veegt het zweet van zijn voorhoofd en leest verder.

'Man, die kop van jou, het lijkt wel alsof hij in de fik staat. Ik waarschuw je, zet de lezing stop! Alsjeblieft. Het wordt alleen maar erger. Kijk nou hoe je je vastklampt aan de katheder. Je kan niet eens meer fatsoenlijk op je benen staan.'

Johan ziet verbeten toe hoe Lucas al lezend de ene pagina na de andere omslaat.

'Hou op met dat gore gehijg! Vuile klootzak, kappen!' schreeuwt Johan naar zijn vader. Maar het gehijg en gekreun gaan onverstoord door.

'Waarom lees je opeens zo langzaam? Probeer je soms tijd te rekken? Alsof je het daarmee kan winnen. Het is alleen maar uitstel. Het hoofdstuk is bijna uit en wat dan? Het gehijg en gekreun is zo overweldigend. Er is geen fragment meer waar je de aandacht van het publiek mee kan vasthouden.'

Het zweet breekt Lucas uit. Nog een halve pagina en dan is het zover, denkt Johan. We gaan verliezen, we gaan het verliezen, denkt hij koortsachtig.

De laatste zinnen worden voorgelezen en Johan ziet geen

uitweg. Hij kijkt naar Lucas. Wat gebeurt er?

Lucas tolt, hij tolt over het podium. Het lijkt alsof al zijn ledematen losraken. Nu gaat het fout, het gaat helemaal fout! In deze toestand kan hij niet verder lezen. Lucas tolt maar door.

Johan hoort aan het gekreun van zijn vader dat hij zijn climax heeft bereikt. Terwijl de indringer loeiend klaarkomt, tolt het hoofd van Lucas los en schiet de zaal in. Het cirkelt boven het publiek, terwijl het lichaam zonder hoofd door blijft tollen.

'Heeft er iemand een vraag aan de schrijver?'

Een vrouw steekt haar hand op. 'In hoeverre heeft uw werk betrekking op uw jeugd?'

'Geen antwoord geven!' roept Johan tegen het hoofd van Lucas. 'Mijn vader zit in de zaal. Ontwijk die vraag.'

Als het hoofd in de buurt van Johans vader komt, ritst deze net zijn broek dicht.

'Denk aan mijn naam!' roept Johan smekend. 'Ik heb mijn naam met zoveel zorg en inspanning opgebouwd. Ik heb er alles voor overgehad om dit te bereiken.'

Lucas' lichaam draait nog steeds over het podium. Zijn armen grijpen Johan bij zijn keel. 'Je bent kwaad omdat ik je aanzet tot liegen. Het is een leugentje om bestwil.'

Johan kijkt de zaal in. De mensen wachten ongeduldig op antwoord. Dit getreuzel zijn ze niet van hem gewend. Hij ziet een groep vaste bezoekers in de zaal. Wat moeten deze fans wel niet denken. Dit duurt te lang, veel te lang. Er ontstaat geroezemoes.

'Alsjeblieft!' roept hij tegen het hoofd. 'Breng het tot een goed einde. Mijn carrière ligt in jouw handen. Geef antwoord, maar houd mijn jeugd erbuiten.'

*Terwijl de indringer
loeiend klaarkomt, tolt
het hoofd van Lucas los
en schiet de zaal in.*

Het hoofd cirkelt nu vlak boven zijn vader. Hij fluistert iets in zijn oor. Johan hoort de valse lach van zijn vader wanneer een voet van Lucas Johan keihard in zijn maag trapt. Banger dan voor Lucas of zijn vader is Johan op dit moment voor zijn publiek. Zijn lezers, die hem al zo lang op handen dragen.

'Hij durft zeker geen antwoord te geven!' Johan herkent de stem van zijn vader, die zijn kans schoon ziet om de boel tegen hem op te zetten. Daar gaat zijn carrière, zijn reputatie als schrijver.

'Hij heeft iets te verbergen!' beweert zijn vader nadrukkelijk.

'Doe iets!' roept Johan tegen het hoofd. 'Je moet voor me opkomen. Verzin wat, snel.'

'Nog nooit heeft hij iets over zijn jeugd losgelaten,' hoort hij zijn vader weer. 'In geen enkel interview. Google zijn naam en je vindt stapels interviews, maar niet een gaat over zijn jeugd, nog geen letter.'

'U hebt gelijk!' reageert iemand uit het publiek. 'Nou je het zo zegt. Het is me nog nooit opgevallen.'

'Heel merkwaardig,' zegt een ander. 'Schrijvers praten altijd over hun jeugd.'

'We weten niets van hem,' zegt zijn vader.

'Zeg dat het niet klopt!' roept Johan. 'Ga ertegenin. Doe je mond open!'

Maar het hoofd blijft zonder Johan aan te kijken boven zijn vader cirkelen. Daar klopt niks van. Waarom blijft het hoofd steeds bij zijn vader in de buurt? Zouden ze onder één hoedje spelen? Zou zijn vader Lucas die bewuste avond op hem hebben afgestuurd? Hij weet hoe listig zijn vader is. Dit verklaart ook waarom Lucas de vraag niet wil negeren. Het is een geraffineerd uitgedacht plan, vanaf de eerste ontmoeting. En Johan is er met open ogen ingetuind, in zijn praatjes dat hij om zijn carrière moest denken. Met zijn naïeve kop heeft hij Lucas vertrouwd en nu maakt hij alles kapot. Ziet hij het goed, verschijnt er op Lucas' hoofd een geniepig lachje? Johan moet zich bedwingen om niet de zaal in te rennen en het hoofd bij zijn haren te grijpen. Maar het is niet alleen het hoofd, het hoofd maakt onderdeel uit van een smerig complot. Nu hij erover nadenkt, moet ook die motorrijder er deel van uitmaken. Die vent had zogenaamd zijn nummer teruggevonden. Hoe kan je een nummer dat in zijn kop zit nou terugvinden? Hij heeft het hem ontfutseld, misschien wel tijdens zijn slaap! Johan wordt krijtwit. Ze hebben een complot tegen hem gesmeed. En hij wist van niks, was te goed van vertrouwen geweest. Hij moet vooral rustig blijven en nadenken, heel goed nadenken. Misschien moet hij nu open kaart spelen tegenover zijn publiek en vertellen dat ze misbruik hebben gemaakt van een zwak moment in zijn carrière. Koortsachtig zoekt hij naar woorden om zijn toehoorders op zijn hand te krijgen.

'De waarheid moet boven tafel!' begint zijn vader nu te roepen. Sommige bezoekers vallen hem aarzelend bij.

'Wat wil je dat ik zeg?' Voor het eerst kijkt het hoofd hem aan.

Jij vuile schijnheilige rotkop! zou Johan het liefst willen roepen. Je hebt geen geweten. Ik heb je door, ik heb je eindelijk door.

'Ik vertrouw je niet meer,' is het enige wat hij zegt. 'Jullie willen me kapotmaken, maar dat laat ik niet gebeuren. Ik ben niet meer het jochie van vroeger. Het sappie dat toekeek hoe zijn moeder werd vernederd. Ik pik dit verdomme niet.'

Johan slaat keihard met zijn vuist op de katheder, boven op een rode alarmknop. Op hetzelfde moment springen de zaaldeuren open. De mensen in de zaal staan op. Een rij rechters in toga schrijdt naar het podium. Johan herkent hen aan de strakke gezichten. Het is het genootschap van zijn vader.

Johan zit in de beklaagdenbank op de plek waar eerder de katheder stond.

Aan de andere kant van het pad zit zijn vader, met naast zich een advocaat. Hij hoort het tweetal grinnikend overleggen. Op het podium achter een lange tafel zitten de rechters. Het publiek is doodstil. Johan weet niet of dat komt doordat het hoofd luid fragmenten voorleest uit zijn laatste roman, of dat de plechtige gezichten van de rechters die stilte afdwingen.

De rechter in het midden slaat met zijn hamer op tafel. 'Dames en heren, de rechtbank is hier bijeen om het vonnis te vellen over de schrijver, genaamd: Johannes Lucas van Tongeren, die zich in zijn jeugd aan vadermoord heeft schuldig gemaakt.'

'Ik ben onschuldig!' roept hij naar zijn lezers die hem verbijsterd aankijken. 'Geloof me, ik heb niets gedaan.' De rechter sommeert hem tot stilte.

'Laat onze schrijver met rust!' roept het publiek. 'Hij is onschuldig.'

De deuren van de theaterzaal zwaaien open en drommen mensen stromen binnen. Ze blijven maar binnenstromen, zelfs de hal staat vol. 'Laat onze schrijver met rust!' scanderen ze.

Door het raam ziet Johan dat het plein voor het gebouw ook volstroomt. Steeds meer mensen sluiten zich bij de massa aan. Ze staan zelfs tot op de snelweg. Terwijl ze een van zijn boeken ophouden, roepen ze: 'Wij staan honderd procent achter onze schrijver!'

In de zaal klinkt getrappel van voeten en Johan kijkt met een gerust hart naar de rechters. Tegen zoveel protest kunnen ze niets beginnen. De rechter maant tot stilte en geeft het woord aan zijn vader. Je doet maar, denkt Johan wanneer zijn vader gaat staan. Mijn lezers zijn trouw aan mij.

'Deze schrijver,' begint zijn vader, 'mijn zoon voor wie jullie nu opkomen, heeft mij alles ontnomen.' De man wordt weggehoond.

'Laat hem uitspreken!' maant de rechter.

'Naast mijn baan was mijn grootste passie het verzinnen van verhalen,' spreekt zijn vader de menigte toe. 'Ik had zwaar werk en als ik 's avonds en in de weekends niet had geschreven, dan zou ik mijn werk nooit hebben volgehouden. Ik werkte jarenlang al mijn fantasieën uit en zette ze op papier. U moet weten, ik was een bescheiden man en ik heb nooit met mijn zielenroerselen aan de weg getimmerd. Mijn hele oeuvre lag in de la van ons buffet. Mijn zoon wist ervan. Hij droomde er vroeger al van om beroemd te worden, maar helaas ontbrak hem elk talent. Samen met zijn moeder beraamde hij een plan en op een dag hebben ze mij, trouwe hardwerkende echtgenoot en liefdevolle vader, in koelen bloede vermoord.'

'Luister niet naar hem!' roept Johan. 'Het zijn leugens!' Maar hij ziet tot zijn schrik dat zijn vader het publiek aan het twijfelen brengt. De leuzen dat ze hem met rust moeten laten blijven uit.

'De boeken die jullie hebben aangeschaft,' gaat zijn vader

verder, 'die jullie meerdere malen hebben bekroond, zijn mijn verhalen. Edelachtbare.' Hij steekt twee vingers op. 'Ik zweer het u, deze jongen heeft nog geen zin, geen letter zelf verzonnen.'

Van buiten de rechtszaal klinkt er rumoer. Johan ziet de geschokte blikken van zijn publiek.

'Het is niet waar!' roept hij.'Alstublieft, twijfel niet aan mijn oprechtheid.'

'De originelen!' wordt er geroepen. 'Onze schrijver moet de originelen tonen!'

De advocaat staat op en houdt een la omhoog. 'Edelachtbare, zoals mijn cliënt vertelde, lagen zijn manuscripten in deze la. Hier is het bewijs.' En hij haalt er met de pen geschreven vellen verhalen uit en houdt ze op.

'Het klopt niet!' verzekert Johan zijn publiek. 'Dit is bedrog! Mijn vader heeft mijn manuscripten gekopieerd.'

De massa begint woedend te roepen en te schreeuwen. 'Hij heeft ons bedrogen! Zijn handtekening stelt niets voor.'

'Stilte!' De rechter slaat met zijn hamer op tafel en richt zich tot Johans vader: 'Ik dank u voor uw moed dat u hier alsnog de waarheid wilde komen vertellen. Wat u is aangedaan door uw bloedeigen zoon is mensonterend. Het recht zal echter zegevieren!'

Een luid applaus barst los. 'Dood aan de schrijver!' wordt er ergens geroepen.

Bezoekers werpen hun boek in de tuin van de schouwburg. Ontzet kijkt Johan naar de immense berg boeken die inmiddels reikt tot de toppen van de kastanjes.

In elkaar gedoken zit Johan in de beklaagdenbank. Het heeft geen zin ertegenin te gaan. Zijn vader heeft gewonnen, hij heeft hem alles afgenomen.

'Wees gerust,' spreekt de rechter de menigte toe. 'Deze charlatan zal samen met de van zijn vader gestolen roem sterven.'

Een groep mannen is begonnen petroleum te sprenkelen op de boekenberg in de tuin van de schouwburg. Als Johan wegkijkt, ziet hij de Garuda in het raam staan. 'Nee,' zegt hij. 'Dit keer ga ik niet mee. Als ik mijn schrijverschap verlies, blijft er voor mij niets over om verder voor te leven. Ik leef voor mijn werk, ik hou van mijn lezers, ik woon in mijn verhalen en ik kan niet zonder ze. Ik zal samen met mijn boeken sterven.'

Vanuit de boekenberg naar de theaterzaal heeft zich inmiddels een pad gevormd. Johan staat op en een bode ontkleedt hem. Als hij ook zijn handen wil binden, zegt Johan: 'Dat is niet nodig, ik zal op eigen kracht mijn boekenberg beklimmen.' Onder luid gescheld loopt hij naar buiten en legt het pad af, tussen de joelende menigte door.

Het is niet makkelijk de boekenberg te beklimmen, toch lukt het hem de top te bereiken. Berustend gaat Johan liggen. Terwijl de mannen hun brandende fakkels onder de boeken houden, leest Lucas de slotzin voor van Johans laatste roman. Dan slaat hij het boek dicht. Ook Lucas moet de berg zijn opgeklommen, want ineens ligt hij naast Johan. Ze pakken elkaar stevig vast. Hij ruikt de geur van verbrand papier. Vlammen slaan om hen heen en al snel wordt het ondraaglijk heet.

Wanneer Johan zijn ogen opent, ligt hij op het podium met zijn laatste roman open naast zich. Een vrouw buigt zich over hem heen. 'U bent onwel geworden.' 'Dames en heren,'

*Als Johan wegkijkt, ziet
hij de Garuda in het raam
staan.*

hoort hij een mannenstem door de ruimte gonzen. 'Helaas moeten we het optreden beëindigen.'

Wat is er gebeurd? Verward kijkt Johan om zich heen.

'Blijf maar rustig liggen,' zegt de vrouw. 'Er komt zo hulp.'

6

De psychiater kijkt Johan indringend aan. 'Hoe vind je dat het gaat?'

'Ik voel me een stuk beter. Ik kan me weer concentreren en het belangrijkste, mijn inspiratie lijkt terug te komen.'

'Mag ik je daar dan mee feliciteren?'

'Dank je. Vlak voor onze sessies maakte ik me vaak zorgen dat we niet genoeg tijd zouden hebben, maar vanochtend dacht ik voor het eerst, ik heb eigenlijk niets meer te bespreken.'

'Dat is een heel goed teken,' zegt Emiel. 'Je hebt het laatste halfjaar ook heel hard aan jezelf gewerkt.'

'Dus jij vind ook dat het goed met me gaat?'

'Ik vind dat je belangrijke stappen hebt gezet,' zegt Emiel.

'Het klinkt alsof je nog niet helemaal klaar met me bent.'

Emiel lacht. 'Ik denk dat het goed is om verder te onderzoeken wat dit alles voor jou betekent. Vandaag wil ik het met je over die bewuste zondagochtend hebben.'

'Toch niet weer over de dood van mijn vader, hoop ik? Daar hebben we het nou toch wel vaak genoeg over gehad.'

'We hebben het inderdaad gehad over wat het voor jou heeft betekend,' zegt Emiel. 'Maar nu wil ik weten hoe het precies is gegaan. Een reconstructie.'

'Moet dat echt? Voor mij heeft dat geen zin. Ik heb het verwerkt, daar gaat het toch om?'

'Ik wil het helemaal begrijpen.' Emiel haalt papier en een potlood uit zijn bureaula. 'Ik wil dat je het voor me tekent.' Hij schuift het tekenvel naar Johan toe.

'Hier zit ik nou echt niet op te wachten,' zegt Johan. 'Juist nu het goed met me gaat.' Hij vangt Emiels blik op. 'Ik zie het al aan je, er is toch geen ontkomen aan. Vooruit dan maar. Wat wil je dat ik teken?'

'De strijkkamer. Waar stond de strijkplank? En waar je moeder? Kruis dat eens aan voor me.'

Johan zucht geërgerd. 'Hier ben ik mijn hele leven doodziek van geweest. Ik wil er een streep onder zetten, snap je dat?' Hij kruist met tegenzin aan waar de strijkplank stond en waar zijn moeder.

'Nou wil ik ook nog weten waar je vader stond. En de naaimachine en jijzelf, natuurlijk.'

'Nou tevreden?' vraagt hij, en hij schuift Emiel de tekening toe.

Emiel bekijkt de compositie. 'Klopt het dat je moeder een eind van je vader vandaan stond?'

'Ja, anders had ik het niet zo aangekruist.'

'Weet je wat ik me afvraag nu ik deze tekening bekijk? Hoe kon je moeder je vader met de strijkbout raken? Heeft ze hem gegooid? Zat de stekker dan niet in het stopcontact?'

'Ik weet niet wat er allemaal in dat hoofd van jou omgaat, maar ik heb je honderd keer verteld dat ze mijn vader met dat ding heeft vermoord. Wat kan het mij nou schelen waar ze stond en of dat ding wel of niet in het stopcontact zat. Jij zaagt door over iets dat... verdomme, ik weet niet of je het doorhebt, maar we hebben het hier wel over de grootste nachtmerrie uit mijn leven.'

'Ik snap dat het heel pijnlijk voor je is,' zegt Emiel. 'Maar ik wil het beter begrijpen. Als ze hier stond, moet ze op hem zijn afgestapt.'

'Ja, natuurlijk. Nee, wat nou? Dat moet toch wel,' zegt hij. 'Jij stond hier.' Emiel wijst het kruisje aan. 'Dan kon je dus zien wat je moeder deed.'

'Wat denk jij nou?' valt Johan uit. 'Dat dit me allemaal niks doet? Dram niet zo door, man. Je verpest alles wat je het afgelopen halfjaar voor elkaar hebt gekregen.'

'Johan, het is ook pijnlijk, maar...'

'Maar wat?'

'Je hebt me steeds verteld dat je je ogen dichtdeed als je ouders ruziemaakten.'

'Vind je dat gek? Ik dacht dat ik toch wel duidelijk was geweest hoe het er daaraan toe ging. Het was niet om aan te zien. Ik was een kind, het maakte me onvoorstelbaar bang. Ik zit mezelf hier nog te verdedigen, ik lijk wel gek. Waar wil je heen?'

'Ik zit nog met één vraag. Hoe weet jij dat je moeder je vader heeft vermoord?'

Johan vliegt op. 'Wat is dit voor een belachelijke vraag? Het ging goed met me, weet je nog? Waar slaat dit op. Verdomme, dit is nou precies waarom ik nooit naar een psychiater ben gegaan. Je neemt me niet serieus, dat is wel duidelijk. Jij denkt dat ik maar iets heb verzonnen.'

'Johan, ik weet hoe akelig dit voor je is, maar deze vraag is cruciaal.'

'Hou op, man! Hier heb ik dus echt geen zin in. Ik ben zo stom dat ik er nog op inga ook! Ik heb het allemaal getekend voor je. Jij kan me wat.' Hij schuift zijn stoel woest naar achteren, loopt de kamer uit en smijt de deur dicht. Hij is wel vaker kwaad geweest tijdens zijn therapie, maar dit keer vindt hij zijn woede méér dan terecht.

Johan voelt zich vernederd. Een halfjaar heeft hij zich blootgegeven. Niets heeft hij voor Emiel verzwegen. Alsof het zo makkelijk was om over de vadermoord te vertellen. Toen Emiel er voor de eerste keer over begon, had hij slechts aarzelend en uiterst nerveus antwoord gegeven. Hij kon het niet, hij had er in al die jaren nog nooit met iemand over gesproken. Toch is hij erdoorheen gegaan, het moest, dat begreep hij zelf ook wel. Maar om zo met zijn ellende aan de haal te gaan, voelt als een trap na. 'Hoe weet jij dat je moeder je vader heeft vermoord?'

Met bonkend hart blijft Johan op de brug staan en kijkt in het water. Wat wil Emiel nou horen? Hij hoeft zich niets af te vragen, hij weet het. Zijn vader lag dood te gaan, dat heeft hij met eigen ogen gezien. Het bloed stroomde uit zijn kop en hij deed niets. Daar gaat het om, dat hij zelf niets heeft gedaan om zijn vader te redden. Therapie of geen therapie, dat schuldgevoel gaat nooit meer over. Hij kan er nu mee leven, maar weg is het niet. Heel fijn dat zijn psychiater het allemaal weer naar boven haalt. Zijn vader lag daar en zijn moeder heeft er nooit een woord met hem over gesproken. Hij heeft er ook nooit naar gevraagd. Dat kwam niet in hem op. Hij was ervan overtuigd dat zijn moeder haar man had vermoord. Het begon met geschreeuw. Johan ziet zichzelf daar nog staan, doodsbang met zijn ogen dicht. Jezus, hij had zijn ogen dicht! Daar heeft Emiel een punt. Hij had niet alleen zijn ogen dicht, die ochtend hield hij zelfs zijn handen voor zijn ogen, zo bang was hij. In zijn hoofd klinkt Emiels stem: 'Deze vraag is cruciaal.'

Zoiets moet je natuurlijk ook zeker weten. Hij twijfelt ook niet, maar het is niet bewezen. Er heeft nooit een onderzoek plaatsgevonden. Zijn moeder zei dat het een ongeluk was. Zei ze dat? Nee, ze zei niets. De huisarts kwam en die constateerde de dood. Hij had zijn ogen dicht, verdomme...!

Johan loopt de straat uit, gaat een café binnen en trekt een pakje sigaretten uit de automaat. Buiten steekt hij er meteen een op. Terwijl hij de straat op en neer loopt, trekt hij aan zijn sigaret. Ineens draait hij zich resoluut om.

Emiel kijkt zelfverzekerd op wanneer Johan binnenkomt. 'Goed dat je er weer bent.'

'Ik ga uitzoeken of die huisarts van mijn ouders nog leeft,' zegt Johan.

*

Voor zijn huis stopt een auto. Is het al zo laat? Johan slaat de tekst op in zijn laptop en wacht tot er wordt aangebeld. Voor het eerst in al die jaren heeft hij zijn uitgever bij hem thuis gevraagd.

'Mogen we al over het werk praten?' vraagt Berend zodra hij tegenover hem zit, met voor zich een glas wijn.

'Jazeker,' zegt Johan. Hij bereidt zich voor om het hoge woord eruit te gooien.

'Dus je gaat weer langzaam beginnen.'

'Ik ben al begonnen.' Hij haalt diep adem. 'Maar wel aan iets totaal anders.' Zo, hij heeft het gezegd en voelt zich kilo's lichter.

'Een verrassing dus?'

'Ik eh... eindelijk ga ik een boek schrijven over mijn vader.'

Zijn uitgever knikt. 'Mag ik hier roken?'

Johan schuift een asbak naar hem toe. 'Ik ben bang dat het niet voor een groot publiek zal zijn,' zegt hij. 'Ik vraag me zelfs af of het wel binnen jouw fonds past. Maar ik voel dat ik dit moet schrijven.'

'Ach, als het een eenmalig uitstapje is, vooruit. Dat moet kunnen,' zegt Berend. 'En wanneer denk je klaar te zijn? Misschien kunnen we je nieuwe boek in de volgende aanbieding presenteren.'

Berend heeft zijn agenda al voor zich.

'Geen idee,' zegt hij. 'Je moet het zien als het begin van een nieuwe weg.'

'Shit!'

Er valt een stilte. Zo kan hij zijn uitgever toch niet laten weggaan? Mede door het doortastende optreden van Berend heeft Johan zoveel succes gehad. Hij kan beloven dat hij dit jaar nog iets zal maken dat uit commercieel oogpunt interessant zal zijn. Als hij hard doorwerkt, moet dat lukken.

Johan kan de stilte niet langer verdragen en wil Berend graag geruststellen. Hij denkt aan zijn psychiater met wie hij dit gesprek heeft voorbereid. 'Blijf bij je eigen gevoel,' klinkt het in zijn hoofd. 'Blijf staan! Je mag je eigen weg gaan. Je bent niet meer het jochie dat zijn vader wil plezieren. Jij mag jouw eigen weg bepalen, je bent het waard.'

'Blij word ik er niet van,' onderbreekt Berend de stilte. 'Maar ik begrijp je wel.' Hij houdt zijn glas op. 'Proost, kerel, ik gun het je.'

Hij ziet aan zijn uitgever dat hij het meent.

*

Terwijl Johan het pad naar het huis van de dokter oploopt, voelt hij zijn hart sneller kloppen. Als jongetje was hij altijd gefascineerd door de nachtbel met het rode lampje erin. Nu is het een gewoon huis geworden. Aan niets is meer te zien dat er ooit een huisarts woonde.

Wat is hij oud! Dat is zijn eerste gedachte wanneer Johan de arts in de deuropening ziet staan. In zijn herinnering was het een kolossale man met een zwaar, donker stemgeluid. Hij was altijd een beetje bang voor hem.

De arts raakt ontroerd nu hij zijn patiënt na al die jaren terugziet. 'Dat is lang geleden,' zegt hij als Johan hem een hand geeft.

Johan knikt. 'Bijzonder dat u hier nog steeds woont.'

'Maar niet meer voor lang,' zegt de arts. 'Ik sta ingeschreven voor een aanleunwoning. Kom erin.'

De oude man gaat hem voor naar de kamer en wijst naar een stoel bij de open haard. 'Maak het je gemakkelijk. Koffie?'

'Graag.' Terwijl hij rondkijkt hoort hij de dokter in de keuken rommelen. Stel je voor dat hij altijd al vermoedde dat het geen ongeluk was, denkt hij ineens. En hij vraagt het me op de man af, wat antwoord ik dan?

'Je bent wel heel beroemd geworden.' De dokter zet koffie voor hem neer. 'Helaas hebben je ouders dat niet meer mogen beleven.'

'Ach ja,' zegt hij. Hij vraagt zich af of het wel verstandig is om over vroeger te beginnen.

'Je vader was wel een zeer gelovig man.'

'Dat was hij zeker.' Hij wil het beeld dat de oude man van zijn vader heeft niet verstoren. 'Heel gelovig, herinner ik me.'

'Ja, inderdaad.' Johan besluit zich niet door angst te laten

Wat is hij oud!

weerhouden en de vraag waarmee hij gekomen is in elk geval te stellen. Maar het lijkt hem beter eerst nog wat over andere dingen te praten. Het lucht hem op dat de huisarts er niet zelf over begint, maar vertelt over zijn loopbaan als huisarts. Hij hield van zijn vak en vond het dan ook bijzonder moeilijk zijn praktijk op te geven, toen zijn ogen slechter werden. Bij de tweede kop koffie lukt het Johan om met zijn vraag voor de dag te komen.

'Dat jij zoveel hebt bereikt.' De arts kijkt hem aan. 'Zo'n verlegen jochie. Maar jij hebt een druk leven, ik zal je niet langer lastigvallen met mijn verhalen. Wat brengt je hier?'

Het zweet staat hem in zijn handen en zijn hart gaat wild tekeer. 'Het gaat over vroeger,' begint hij voorzichtig. Hij haalt diep adem en kijkt de man aan. 'Ik heb nooit geweten waaraan mijn vader is gestorven. Kunt u dat nog ergens nazien?'

'Dat hoef ik niet na te zoeken,' zegt de arts. 'Dit soort drama's herinnert elke huisarts zich. Want we mogen hier toch wel van een drama spreken.'

Zie je wel, hij weet het, denkt Johan. Hij heeft het waarschijnlijk altijd geweten.

De arts kijkt hem aan. 'Jouw vader heeft een hartstilstand gehad. Je moeder heeft mij direct gebeld, maar helaas, het was al te laat.'

'Weet u dat zeker?' vraagt hij. 'Het enige wat ik me herinner is dat mijn vader op de grond lag.'

'Ik weet het honderd procent zeker. Je vader werd benauwd en daardoor viel hij ongelukkigerwijs met zijn hoofd tegen de trapnaaimachine. Dat heeft zijn dood wel versneld. Tja, zo kan het gaan.'

De arts praat maar door en Johan kan alleen nog maar knikken.

De eerste kilometers die hij na het bezoek aan de arts aflegt, zit hij nog als verdoofd achter het stuur. Maar ineens dringt de waarheid in volle omvang tot hem door. Zijn moeder heeft dit altijd geweten. Een enorme woede laait in hem op. 'Verdomme!' roept hij. Vanaf zijn tiende torst hij al een schuldgevoel, dat allesbepalend is geweest. De onrust die hem altijd parten speelde. Zijn zelfbeeld. Zijn schrijverschap. Allemaal voor niets.

Hij trilt nog van woede als hij aan de bosrand een parkeerterrein op rijdt en zijn auto stilzet. Hij bonkt met zijn hoofd op het stuur. Zijn moeder had hem dit moeten vertellen. Ze heeft er nooit met een woord over gesproken. Hij heeft haar zijn hele jeugd beschermd en zelfs in de wetenschap dat ze zijn vader had vermoord is hij solidair met haar geweest. Ze heeft hem met een ondraaglijke last laten zitten. Johan wrijft mechanisch over zijn gezicht. Zijn moeder was opgelucht na de dood van zijn vader. Hij zag toch met eigen ogen hoe ze opbloeide. Wat was hij niet blij voor haar. Hij heeft haar nooit een seconde verweten dat hij door haar medeplichtig was aan vadermoord. Hij draait het raampje van zijn auto open en hapt naar lucht.

'Mam, hoe kon je!' roept hij uit. 'Hoe kon je mij dit aandoen? Je hebt me mijn jeugd ontnomen, mijn opa en oma!' Johan is nog nooit kwaad op zijn moeder geweest, maar nu wordt hij overspoeld door woede en haat.

Het suist in zijn hoofd. Hij moet iets doen. Hij stapt uit, rent het bos in, grist de eerste de beste zware tak van de grond en beukt hem net zolang tegen de grond tot er niets van overblijft.

'Je hebt me verdomme laten barsten, terwijl je als geen ander wist hoe ontzettend veel ik van je hou!'

★

'Fijn dat ik vandaag nog mocht komen,' zegt Johan wanneer zijn psychiater hem binnenlaat. Hij kijkt Emiel aan. 'Jij vindt natuurlijk dat ik opgelucht moet zijn, maar doe me een lol en feliciteer me niet. Ik ben kapot.'

Hij gaat tegenover Emiel zitten en legt zijn hoofd in zijn handen. 'Ik heb niemand meer, snap je. Ik kan niet meer van mijn moeder houden. Ik voel me zo in de steek gelaten.' Hij begint bijna geluidloos te snikken.

'Je moet je heel eenzaam voelen,' zegt Emiel.

'Waarom heeft ze haar mond nooit opengedaan? Er is maar één conclusie, ze hield niet van me. Ze haatte me, net als mijn vader. Mijn god!'

Emiel schuift de doos tissues naar hem toe.

'Ik weet niet hoe ik met deze kennis verder moet. Ik voel me zo eenzaam.'

'Er moet een reden voor haar zwijgen zijn,' zegt Emiel.

'Ja, dat zei ik toch al. Ze haatte me.'

'Je hebt me verteld dat ze opgelucht was na je vaders dood.'

'Ja, zij wel, dat is het bittere. Mij heeft ze met een nachtmerrie opgezadeld.'

'Denk je niet dat het lastig is als je man dood is en je bent opgelucht?'

'O, moet ik soms nog medelijden hebben ook?'

260

'Nee, maar het lijkt mij wel heel ingewikkeld. Je man is dood, iedereen heeft met je te doen en jij voelt je opgelucht.'

Johan staat op en loopt naar het raam.

'Mij lijkt dat niet makkelijk,' zegt Emiel. 'Dan zit je iedere dag in een emotionele spagaat.'

'Ik moet even roken,' zegt Johan en hij loopt de tuin in.

'Sprak ze wel eens met anderen over je vaders dood?' vraagt Emiel die ook naar buiten komt.

'Nee.'

'Dat moet een reden hebben,' zegt Emiel.

Hij herinnert zich dat zijn moeder altijd rood werd of wegkeek als iemand over de dood van zijn vader begon. Hij trekt aan zijn sigaret en kijkt Emiel aan. 'Zou ze zich hebben geschaamd?'

'Je zegt het zelf.'

'Dus uit schaamte heeft ze gezwegen?'

Hij drukt zijn sigaret uit. Die ploert heeft haar hele leven kapotgemaakt, vervolgens valt hij dood neer, ze is opgelucht en daar schaamt ze zich dan voor.

Hij gooit de peuk op de composthoop, gaat bij de vijver staan en kijkt over het water. 'Wat voel je nu?' vraagt Emiel.

Johan haalt zijn schouders op. 'Ik moet verdomme weer janken, maar nu om haar.'

'Tot volgende week,' zegt Emiel als hij hem uitlaat. 'Weet dat je me ook vóór die tijd kan bellen.'

Johan pakt zijn hand. 'Bedankt.'

Hij steekt de straat over naar de stadswal. Nu de boosheid is gaan liggen, dringt het langzaam tot hem door: hij heeft geen schuld aan zijn vaders dood. Hij herhaalt het voor zichzelf, en hij voelt dat het waar is. Hij is niet schuldig. Hij had zijn vaders dood niet kunnen verhinderen. Een ongekende rust komt over hem.

Terwijl hij verder loopt langs het water voelt hij verdriet om de verloren jaren. Maar dat mag nu voorbij zijn en het is gelukkig nog niet te laat. Hij leeft!

Johan blijft staan bij een wilg en ziet in het water een fuut met een jonkie op haar rug. Aan de overkant is het gymnasium, en staan de huizen die aan het water gebouwd zijn. Voor het eerst is de stad ook van hem. Johan mag net als de andere mensen zijn plek innemen. Ik mag bestaan, denkt hij, net als ieder ander.

Er is geen rede meer om schichtig over straat te lopen. Johan kijkt naar de plezierboten die langsvaren. Vanbinnen voelt hij ruimte. Ruimte om te leven, om lief te hebben. Een onmetelijk gevoel van dankbaarheid overvalt hem.

Iets verderop ligt de schouwburg. Johan zal nooit theaterbezoeker worden, of een feestganger. Dat hij is zoals hij is, komt niet alléén door het schuldgevoel. Misschien verandert er wel helemaal niets. Nu is Johan ineens ook leeg en onbeschermd. Hij kan zich nergens meer achter verschuilen.

Een echtpaar dat langskomt, groet hem. Zijn eerste impuls is om vluchtig te knikken, maar hij dwingt zichzelf om terug te groeten. Hij heeft niets meer te verbergen, hoe vreemd dat ook voelt. Johan kent zichzelf zo niet en hij verlangt naar de zekerheid van de oude situatie. Zijn blik is weer omlaag gericht.

'Stapje voor stapje,' zei Emiel. 'Je mag dit voor jezelf onderzoeken en je mag fouten maken.'

Johan wil het anders. Dat is eng, maar ook goed. Hij haalt diep adem en kijkt. Hij kijkt recht voor zich en om zich heen. Hij wil zijn ogen neerslaan, maar hij dwingt zichzelf om te blijven kijken. En heel langzaam begint hij te zien.

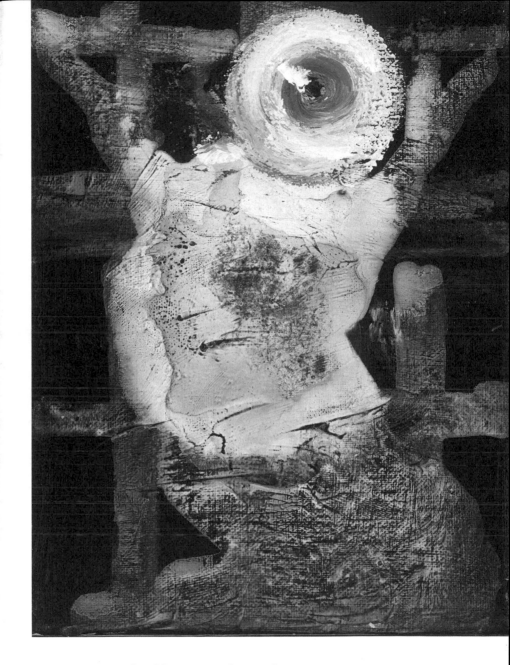

En heel langzaam begint hij te zien.